懒人瑜伽

Yoga for People Who Can't be Bothered to Do It

[英]杰夫·戴尔/著
陈笑黎/译

浙江文艺出版社
Zhejiang Literature & Art Publishing House

图书在版编目（CIP）数据

懒人瑜伽 / （英）杰夫·戴尔著；陈笑黎译．—杭州：浙江文艺出版社，2020.6（2023.2 重印）
ISBN 978-7-5339-6069-8

Ⅰ.①懒…　Ⅱ.①杰…　②陈…　Ⅲ.①游记—作品集—英国—现代　Ⅳ.①I561.65

中国版本图书馆 CIP 数据核字（2020）第 047284 号

懒人瑜伽

LANREN YUJIA

作　　者：［英］杰夫·戴尔
译　　者：陈笑黎
责任编辑：童潇骁　周　易
营销编辑：张恩惠
封面设计：棱角视觉

出版发行：浙江文艺出版社
地　　址：杭州市体育场路 347 号
网　　址：www.zjwycbs.cn
经　　销：浙江省新华书店集团有限公司
印　　刷：杭州富春印务有限公司
版　　次：2020 年 6 月第 1 版
印　　次：2023 年 2 月第 3 次印刷
开　　本：787 毫米 × 1092 毫米　1/32
字　　数：168 千字
印　　张：9.5
插　　页：4
书　　号：ISBN 978-7-5339-6069-8
定　　价：58.00 元
（如有印、装质量问题，请寄承印单位调换）

中译本序：极乐生活指南

孔亚雷

> 生活本身就是极乐。它不可能是别的，因为生活就是爱，生活的全部形式和力量都在于爱，产生于爱。
>
> ——费希特，《极乐生活指南》，1806

我有一个习惯（我本来想说坏习惯，但习惯，从本质上说，跟欲望一样，是超越善恶的）：在写一篇文章之前，要无所事事地晃荡一段时间——时间的长短与文章的重要性成正比。我在各个房间走来走去。我给自己弄各种喝的。我整理书架。我听音乐。我上网。我到院子查看花草的生长情况。我出门散步。我担心下雨（因为没带伞），又担心不下雨（因为院子里的植物需要雨水）。诸如此类——这是第一阶段。第二阶段，我终于让自己坐下来，虽然不是在书桌前，而是在沙发上，我面前摆着两叠书，一叠是与要写的文章直接相关的，另一叠则是我凭本能从书架上胡乱抽出来的。然后我开始翻翻这本，翻翻那本，做点零星的、毫无系统的笔记，在可能会引用的句子下面画杠（同时继续不断站起来去给自己弄各种喝的）。最后，当这种福楼拜所说的“腌渍状态”达到极限，也就是说，当我再也无法忍受了，我才会坐到一直开着的—— 一直处于一种自欺欺人的虚假备战状态的——电脑前，这样我便进入了晃荡期的第三阶段：我不知道怎么给文章开头。因为它如此重要。重要到我几乎不敢，不忍心，甚至不舍得给它开头。因为我知道一旦写出开头，我就不可能写出**更好的**开头。总之，我是那么地渴望写出开头，以至于几乎不可能写出开头。

这篇文章也一样。不，应该说更加。因为我意识到，自己这种拖延写作的习惯，这种焦虑和折磨，这种充满黑色幽默的欲望悖论，完全是“杰夫·戴尔式”的。所以这很自然：当我写（将要写）杰夫·戴尔的时候，我就变得更加**杰夫·戴尔**。也就是说，虽然我们对这种状态并不陌生——不管那是写文章，谈恋爱，还是找一家好餐厅——但正如所有优秀的作家一样，是杰夫·戴尔将它——将这种后现代焦虑，提炼成了一道定理，那就是：**我是那么地渴望……以至于不可能……**

我是那么地渴望睡着，以至于不可能睡着。我是那么地渴望真爱，以至于不可能得到真爱。我是那么地渴望写好这篇文章，以至于不可能写好这篇文章（所以如果写不好请谅解）。

这条“杰夫·戴尔定理”，在他的代表作之一，《一怒之下：与 D.H. 劳伦斯搏斗》中，得到了最绝妙的体现。

“多年前我就决心将来要写一本关于 D.H. 劳伦斯的书，向这位让我想成为作家的作家致敬。”杰夫·戴尔在《一怒之下》的开头写道。每个作家都有一个让他（或她）想成为作家的作家，一个父亲式的作家。他们之间常常会有一种类似血缘关系的亲近、继承和延续。跟劳伦斯一样，杰夫·戴尔也出身于英国蓝领阶层家庭（生于 1958 年，父亲是钣金工，母亲是餐厅服务员），他们甚至在长相上也很相近（“我们都是那种窄肩膀、骨瘦如柴的男人，劳伦斯和我。”）；跟劳伦斯一样，大学毕业后（牛津大学英语文学系），杰夫·戴尔没有如父母所期望的那样跻身“安稳而受尊敬的”中产阶级，而是成了一名四海为家、以笔为生的自由作家；跟劳伦斯一样，无论是在文学上还是在地理上，他都竭力远离英格兰的严肃和阴霾，在为美国“现代图书馆版”《儿子与情人》所写的前言中，他这样总结劳伦斯：“……经过一系列的波折，他最终觉得自己‘不属于任何阶层’；经过多年的游荡，在任何地方都觉得自己像个陌生人，他最终觉得‘在任何地方……都很自在’。”显然，这段话同样可以用来形容杰夫·戴尔自己。

事实上，这段话也可以作为对《一怒之下》奇异文体的一种解读。这部关于D.H.劳伦斯的非学术著作，既像传记又不是传记，既像小说又不是小说，既像游记又不是游记，既像回忆录又不是回忆录，它的这种“四不像”文体，最终让人觉得它“不属于任何文体”；而这也许是因为，经过多年的文学游荡，杰夫·戴尔发觉自己对任何一种特定文体都感到陌生、不自在，以至于他最终创造出了一种“对任何文体都很自在”的新文体——一种融合，或者说超越了所有特定文体的后现代文体，一种反文体的文体。

所以，虽然书中的“我”一再声称要写一部“研究劳伦斯的严肃学术著作”，但最终却写成了一部既不严肃也不学术，而且让人从头笑到尾的幽默喜剧。它仍然是关于劳伦斯的，不过更准确地说，是关于“想写一部关于劳伦斯的书却没有写成的书”，或者，用“杰夫·戴尔定理”来表述，是关于“他是那么地渴望写一本关于劳伦斯的书，以至于不可能写出一本关于劳伦斯的书”。作者——不无自嘲地——在扉页上选用的两条题记生动地说明了全书的写作手法与结构（以及书名来源），一条摘自D.H.劳伦斯1914年9月5日的书信：“一怒之下，我开始写哈代的书。恐怕这书除了哈代将无所不谈—— 一本怪书——倒也不坏。”另一条则是福楼拜对雨果《悲惨世界》的一句评价：“无关紧要的细节说明没完没了，对主题不可缺少的东西却丝毫没有。”

悲惨世界。跟所有效果强劲的——也就是让我们不自觉地不断笑出声的——伟大喜剧文学一样，《一怒之下》也把我们带入了一个多灾多难、充满荒诞色彩的“悲惨世界”；但与《匹克威克外传》或《好兵帅克》不同，《一怒之下》中的主人公所遭受到的磨难品种极其单一，那就是作者“我”的极度写作焦虑：

> 虽然我决定要写本关于劳伦斯的书，但同时也决定要写本小说……最初，我迫切地想要同时写这两本书，但这两股欲望互相拉扯，到最后哪本我都不想写了。……最终，我能做的就是在两个文档——空文档——之间犹疑不定，一个文档叫C:\DHL（劳伦斯的全名缩写），另一个叫C:\NOVEL（小说），在被它们像打乒乓一样来回纠结了一个半小

时后，我不得不合上电脑，因为我知道，最糟的就是像这样把自己拖垮。最好的做法就是什么都不做，平静地坐着，当然，不可能平静：相反，我感到彻骨的悲凉，因为我意识到自己什么都写不出，不管是劳伦斯还是小说。

但为什么？为什么一个人的焦虑会如此好笑，如此吸引人？答案是：《猫和老鼠》。汤姆猫就是“我”，而老鼠杰瑞就是那本“关于劳伦斯的书”。虽然花样百出没完没了，但主题只有一个：猫千方百计地想制伏老鼠，但怎么都无法得逞（并受尽折磨）——“我”千方百计地想写出那本关于劳伦斯的书，但怎么都写不出（并受尽折磨）。继在写劳伦斯和写小说之间纠缠不休之后（他最终决定放弃小说），他又遇上了一个新问题：他不知该在哪儿写劳伦斯，因为他可以选择住任何地方——所以他无法选择住任何地方。他先是在巴黎（太贵）。然后去了罗马（太热）。然后又去了希腊（太美）。总之，没有任何地方适合写作（希腊部分是全书的高潮之一，他不仅——再次——一个字没写，还遭遇了一场车祸，而你可能会笑得连书都拿不稳）。于是他决定转而展开一场文学朝圣。可当他和女友劳拉费尽周折来到意大利西西里劳伦斯住过的喷泉别墅时，“我能与以前读到的文学朝圣者产生一种共鸣，我绝对能理解当时他们的感受，那也是我此刻的感受：你看了又看，结果发现所谓的朝圣感其实并不存在”。因此，这本书最终成了一部充满失败的流水账，一部焦虑日记，而它的魅力则源于所有叙事艺术的本质：关于他人的痛苦。跟《猫和老鼠》一样，它满足了我们的虐待狂倾向（施虐兼受虐），它让我们大笑、觉得欣慰，甚至鼓舞，就像纪德说陀思妥耶夫斯基日记中反复出现的各种痛苦和折磨——贫穷、疾病、写作障碍——让他觉得激励，因为“尽管如此，他还是写出了作品”。

同样，尽管**如此**，他还是写出了这本关于劳伦斯的书。不仅**如此**，杰夫·戴尔还用他那自由自在的新文体，用如香料般遍洒在文本中的对劳伦斯作品的摘录、描述和评论，为我们勾勒出了一个独特的D.H.劳伦斯。我们从中得到的不是一个伟大作家干瘪的木乃伊，而是他留给这个世界的一种感觉，一种精神—— 一阵裹挟着劳伦斯灵魂的风，正如作者在朝圣之旅的尽头，在新墨西哥劳伦斯去世的小屋的游廊上，看到一只摇椅和一把扫帚时发出的感慨：

> 不管它们是不是从劳伦斯时代就一直在那儿——几乎可以肯定不是——那只椅子和扫帚比我

们见过的任何劳伦斯遗物都更能体现他的精神：它们仍然有用，它们存在的目的超越了生存下去的简单需要。

在《一怒之下》的结尾，主人公再次剖析了自己为什么对写一本关于劳伦斯的书如此感兴趣，原因是“为了让自己对此完全不再感兴趣”。然后他接着说：“一个人开始写某本书是因为对某个主题感兴趣；一个人写完这本书是为了对这个主题不再感兴趣：书本身便是这种转化的一个记录。”这是杰夫·戴尔定理的一个变体：他对某个主题是如此感兴趣，以至于最终——在就这个主题写了一本书之后——变得对它毫无兴趣。

这句话可以说是对杰夫·戴尔写作生涯的完美总结。今年五十五岁的他出版过两部随笔集、四部小说，以及六部无法归类——“不属于任何文体”——的作品。他的小说给他带来的声誉非常有限（这点我们稍后再谈）。他的文学影响力主要建立在那六本——用劳伦斯的话说——怪书上。它们按时间顺序分别是：《然而，很美》（关于爵士乐）、《索姆河失踪战士纪念碑》（关于一战）、《一怒之下》（关于D.H.劳伦斯）、《懒人瑜伽》（关于旅行）、《此刻》（关于摄影），以及最新的《潜行者》（关于塔可夫斯基的电影《潜行者》）。如果说这些看上去毫无联系的主题有什么共同点，那就是它们都曾让杰夫·戴尔“如此感兴趣”，以至于要专门为它们写本书，以便彻底耗尽自己对它们的兴趣——然后转向另一个兴趣。

这也许正是为什么他至今都没有写出一流小说的原因。因为他对写小说——对纯粹的虚构——从未“如此感兴趣”。写小说对他来说更像是出于一种责任，而不是兴趣。在杰夫·戴尔的写作中，“兴趣”是个核心的关键词。他最好的作品都源于兴趣，源于热爱，源于对愉悦、对快乐——对极乐——顽强而孜孜不倦的渴求。他回忆说，当他刚大学毕业时，“以为当作家就意味着写小说，要不你就是个评论家，评论作家写的小说”。然后他发现了罗兰·巴尔特、本雅明、尼采、雷蒙德·威廉姆斯和约翰·伯格，于是意识到“还有另一种当作家的方式”，他用威廉·哈兹里特的话来形容这种方式：“无所事事地闲逛，读书，欣赏画作，看戏，聆听，思考，写让自己感到最愉悦的东西。”“还有什么生活比这更好吗？”他感叹道，“这种生活最关键的一点就是闲逛，在学院派的门外闲逛——不想进去——不被专业研究的条条框框捆死。”上面的六本“怪书”显然就是这种“闲逛”的产物。虽然它们的主题都相当专业，都谈不上新鲜（而且已经被多次出色地阐释过），但还是让我们耳目一新：那些漫游般的视角，恣意生长的闲笔，令人惊艳的描绘……如果说学院派的学术专著像宏伟规整的皇家园林，那么杰夫·戴尔就是一座无拘无束、杂乱无章的秘密花园，里面充满了神秘、惊喜，以及生机勃勃的野趣与活力。

这六部作品中，主题性最不强的是《懒人瑜伽》。虽然它获得过"2004年度W.H.史密斯最佳旅行书籍奖"，但我们还是无法把它当成一部真正的游记。它更像是一部"自传、游记、短篇小说"的混合体。书中的十一个故事发生在除了英国之外的世界各地（新奥尔良、柬埔寨、泰国、巴黎、罗马、迈阿密、阿姆斯特丹、利比亚……），都用第一人称叙述。用**故事**来形容它们是合适的，因为你很难分辨它们到底是真是假。一方面，它很像一部活页夹式的、以地点为线索的自传，用坦率、自嘲、毫不自得的口吻告诉我们（罗兰·巴尔特曾在一篇文章中问："我们该如何毫不自得地谈论自己？"这本书是个很好的回答）：杰夫·戴尔是个自由作家——不过大部分时候都陷于写作瓶颈中；他喜爱电影、音乐和羊角面包，但他最爱的还是闲散……而另一方面，不知为什么，这些故事又散发出唯独短篇小说才会有的那种画面感、悬念感，那种微妙的共鸣与回味（尤其是那篇《臭麻》，几乎**就是**一篇美妙的短篇小说），以至于让人怀疑这一切都是某种精巧的虚构。与此同时，你也不得不承认，它丝毫无愧于那项“最佳旅行书籍奖”。既不像奈保尔那样充满政治性，也不像保罗·索鲁那样机警睿智，杰夫·戴尔的做法是让自己成为自己所写的地方，或者说，让那个地方成为杰夫·戴尔，通过与那个地方融为一体，他准确而极富直觉性地捕捉到了那里的本质——那里最本质的情绪，因为那也是他自己的情绪：在新奥尔良，那是密西西比河的疲倦与失落；在泰国，那是热带海洋的情欲修行；巴黎是海市蜃楼般的虚幻；迈阿密弥漫着超现实的荒诞；而在罗马，他自己也“渐渐成了废墟”。

苏珊·桑塔格说：“优秀的作家要么是丈夫，要么是情人。”杰夫·戴尔显然是后者——《懒人瑜伽》就是最好的证明。它迷人、性感，富于诱惑力，它具有作为情人最根本的特征：把欲望摆在道德的前面。它让我们觉得（并相信），跟真实而纯粹的欲望相比，道德显得虚幻、虚伪，甚至荒谬。在杰夫·戴尔笔下，欲望不仅纯粹，而且纯洁，因为它已经不再是我们熟悉的那种被道德污染的欲望，而是一种极乐，一种由此产生的狂喜和宁静。这种极乐主要有两种表现途径：一种是像《一怒之下》中那样，表现为追求极乐过程中的极度焦虑、疲倦和绝望，具体说就是琳琅满目的写作障碍；另一种则是对极乐状态本身的描写，具体表现为《懒人瑜伽》中那绵延不绝的性和各种致幻剂（大麻、LSD、迷幻蘑菇……）。对于前一种，他使用的笔法常常略带夸张（一种冷静的、充满黑色幽默的夸张），而对后一种他却轻描淡写，不动声色：当他谈论性和致幻剂时，口气就像在谈论意大利皮鞋或者动物园的海豹。比如“我们接吻，各自握着一只精细的酒杯，放在对方的背后。接完吻后我们不知道做什么，就又接了些吻”。而当阿姆斯特丹的一家咖啡馆不让他们嗑药，把他们撵出去时，其中一个人抱怨说“这就跟因为喝啤酒而被酒吧赶出来一样”。在泰国小岛的沙滩上，他看见一个穿红色比基尼的美女——她叫凯特，他们后来上了床——在海中游泳时被水母蜇得满身伤痕，第二天他对她说：

“（昨天）我看见你从水里出来，有两个特别强烈的反应。”

“是什么？”

“我会告诉你，但如果可以的话，我想不按顺序告诉你。”

“可以。”

“一个反应是：想到是你而不是我被蜇了，我大大地松了口气。”

“另一个呢？”

“你穿着红色的比基尼，性感极了。”

如果说《一怒之下》让人想笑，那么《懒人瑜伽》则让人想做别的事。它的鲜活和流畅，它所营造的气氛和舒适感——就像一个放着冷爵士，有柔软沙发，光线恰到好处的小咖啡馆——会让你有种温柔而暧昧的愉悦，会激起你生理上的渴望。你会想放下书发会儿呆，想喝杯冰镇啤酒，想找个人接吻，想也来点大麻。但它们要么太容易做到（以至于懒得去做），要么太难做到（所以也懒得去做），最终你发现你唯一能做的就是：去读更多的杰夫·戴尔。

这也许可以部分地解释为什么《杰夫在威尼斯，死亡在瓦拉纳西》会成为杰夫·戴尔迄今最有名的小说。在某种程度上，它很像是《懒人瑜伽》的拉长版。它由两个看上去没有太大联系的中篇构成，第一篇用第三人称—— 一个小小的伎俩，使其更具小说感——叙述了一个叫杰夫瑞·阿特曼的自由撰稿人在采访威尼斯双年展时的完美艳遇；第二篇中，同为自由撰稿人的“我”前去印度瓦拉纳西采访，最终却决定永远羁留在肮脏而神圣的恒河之滨。它具有《懒人瑜伽》的全部优点，但却更令人震撼，这既是因为其中对性和迷幻药的描写更加勇敢而详尽，也是因为它散发出一股混杂着厌倦与悲悯的哲学意味，一种对“杰夫·戴尔定理”的禅宗式解答。

这种禅宗式解答，也曾以一种完全不同的方式，出现在他的第二部小说《寻找马洛里》中（《杰》是第四部）。跟其他三部小说相比（另外两部是《记忆的颜色》和《巴黎迷幻》，分别回忆了他以嬉皮士兼见习作家身份在伦敦和巴黎度过的青年时代），《寻找马洛里》是最不自传性的，最像小说的——可能也是最好的。

“这场搜寻开始于沃克与蕾切尔的相遇。”这是小说的第一句。一开始，《寻找马洛里》看上去仿佛是部十分正常——正常得几乎有点乏味——的硬汉派黑色侦探小说。落落寡合的中年男子沃克在一次派对上认识了神秘女子蕾切尔，后者请求他帮助寻找自己失踪的丈夫马洛里。他答应了，因为无聊，因为蕾切尔那“不确定性”的美，因为这是侦探小说。从马洛里信用卡账单上的租车公司，到其下榻酒店的电话记录，到查明那个电话号码的拥有者是住在默里迪恩的马洛里姐姐，至此一切正常——也就是说，仍然乏味。但就在他开车前往默里迪恩的路上，天气突变，“一道闪电划破夜空。接着是一阵长久的寂静，久得仿佛寂静本身就是一种等待，然后雷声大作”，而当他迷路后下车走向一家小镇餐厅，“雨声听起来就像肥肉在油锅里煎炸”。这场大雷雨是条分界线。而迷路既是事实又是隐喻。当雨过天晴，我们已经进入了另一个世界。在默里迪恩，沃克发现除了一张蕾切尔寄来的模糊不清的照片，一切线索都中断了，他甚至考虑要求助于塔罗牌或通灵师：

> 尽管这些想法荒诞至极，但这标志了一个转折点——转机的开始——在他寻找马洛里的过程中。从这一刻开始，这场搜寻的性质发生了微妙的变化，他将越来越少地依赖外在线索，而更多地依靠自己对在相似的环境下马洛里会做些什么的直觉。

这的确是个转折点，也是一个对读者的暗示，它好像在说：所以，你看，这其实**不是**侦探小说。一切都似乎没变，一切似乎又都变了。就像进入一个逼真的梦境，一切都跟现实一模一样，但偶尔随意掠过的超现实场景却因此更加令人惊颤：在一个酒吧，电视上正在转播的球赛比分是540比665。随着搜寻的继续，线索的来源变得越来越不可思议（它甚至会“像风中的种子”一样直接落入他脑海），同时，以一种理所当然——因而也是不知不觉——的方式，类似的超现实场景越来越多，直到最终彻底取代了现实。他来到一座像整幢建筑物的城市，那里“没有马路或街道，但走廊和过道充当了街道，巨大的舞池成了停车场，无数的房间代替了一栋栋的房子”。在一座叫“独立”的冻结之城，世界像庞贝古城一样被凝固在瞬间，一幅“静止的繁忙景象”，走在这群活雕像之间，他发现“像这样冻住之后，每个姿势都近乎完美，那是人们普通一天的生活片段——无论多么微不足道，都值得像对待伟大的艺术品一样看待……每个细微的生活瞬间都被揭示出来”。在到处荡漾着风铃声的新月城，一切都如此似曾相识，以至于他“重复以前做过的动作”，走进一栋老木头房子，他看见花园里有个头发花白的男人，他有着跟自己一样的习惯动作——“用拇指和食指拽自己的右耳”，而在书桌上有张明信片，“明信片的背面是他自己的笔迹，写着图片中城市的名字：艾姆利亚。”于是，艾姆利亚，“那是个广场城市，四周是红色的塔楼和看不到尽头的拱廊。……这儿没有距离和方向感，只有城市的全景，深黄色的墙壁，赭色的街道。整个城市从任何一个方向看都是一样的——拱廊、广场、塔楼和长长的影子——但每看一眼感觉都不一样，有股陌生感”。这显然正是基里科那幅著名油画《抵达之谜》所描绘的城市，画中浓郁的神秘感和超现实主义气氛与这部小说极为契合。随后，他走到同样散发出强烈基里科感的海边（“一根白色的拐杖靠在墙边。一尊雕塑遥望着大海。”），看见海岸边有本书：

> 书页在风中翻动着——可是那儿并没有风。所有的东西都是静止的，只有书页在翻动，像是有风吹过。他走近那本书，听到书页翻动的声音：这本书就像活的一样，仿佛是个什么生物，它的呼吸只够维持这样轻微的动作。

在此，这场梦境式寻找达到了顶点（又一部《抵达之谜》，但比奈保尔的更贴切）。这本“像活的一样”的书，不禁让人想起博尔赫斯的嵌套式迷宫，我们不禁觉得，这本书就是**这本书**，这本《寻找马洛里》。的确如此。因为“虽然每一页都被海水溅得斑斑点点，但上面都写着他经过的那些城市名，按照他走访的顺序。艾姆利亚是这本书上的倒数第二个名字，最后一个城市……名叫涅米西斯”。

梦境开始像海潮般渐渐退去。在旅程的终点，沃克所拥有的唯一正常线索，那张马洛里照片，发挥了作用。在一个前卫导演正在制作的新型电影中（一部“城市蒙太奇”，由“这个城里的居民或游客所拍摄的照片、快照和录像组成”），他发现了马洛里的踪迹，但似乎有越来越多的证据表明，马洛里其实一直远在天边近在眼前，甚至有可能——就是沃克本人。

只是**有可能**。与很多借用侦探小说外壳的后现代小说一样，它给出的答案是开放的、不确定的、似是而非的，散发出抽象的形而上气质，一如这方面最典型的代表，保罗·奥斯特的《纽约三部曲》。而对那些幻想城市充满细节与想象力的描述，则可以看成是卡尔维诺《看不见的城市》的“美国现代版”。书中还有几场精彩的追杀和打斗戏，强烈的视觉效果显然是对六十年代黑色电影及黑色漫画的借鉴和致敬。只要稍加分析，我们就会发现，《寻找马洛里》与《一怒之下》有着相似的追寻模式：沃克寻找的马洛里，就是“我”想寻找（写出）的劳伦斯；而最终，就像“我”写出的更多是关于“我”自己（而非劳伦斯），沃克找到的也是他自己（而非马洛里——甚至连马洛里这个人名，也是对雷蒙德·钱德勒笔下的硬汉侦探，菲利普·马洛的一种变形，于是马洛式的沃克一直在寻找的是另一个马洛，也就是另一个自我）。它们最后都通向一个充满禅意的悬而未决：我们终将变成我们所追寻的东西——或者说，**无论我们在寻找什么，实际上我们都是在寻找自己**。仿佛忍不住要给它刻上一个杰夫·戴尔印记，在旅程的后半段，作者让沃克陷入了一次“杰夫·戴尔定理”，在一个破败的小镇，当他经过无比漫长的自虐式拖延，终于再度上路时，他感到一种筋疲力尽后的超脱，一种否极泰来，然后他像个开悟者那样说：“每件事最终都走向幸运。这场寻找是一种幸运……幸运就是一切。”

《寻找马洛里》出版于1993年，作为独立的一部小说看它也许略嫌单薄，但如果把它放到杰夫·戴尔的整体作品谱系中，它的精练与节制，它的非自传性，甚至它的单薄，便都获得了一种新的光芒，显得既必要又重要，就像一首交响曲中的过渡部分。正如《杰夫在威尼斯，死亡在瓦拉纳西》与《懒人瑜伽》的一脉相承，《寻找马洛里》也是对杰夫·戴尔1991年的作品，《然而，很美》的一种呼应和延续。被《洛杉矶时报》称为“也许是有史以来关于爵士乐的最佳书籍”，《然而，很美》无疑是杰夫·戴尔至今最为精美，同时也是最受欢迎、影响力最大的作品（它的美国版十年间重版了九次）。

这本书也是他那六部“怪书”的开端。在一篇名为《破门而入》的随笔中，他回忆了自己在美国新泽西的爵士乐研究学院查找资料时遭到的诘问，“他（图书馆员）想知道我在写的这本书是不是有关爵士乐史。不是，我说。传记？不是。好吧，那么它究竟是什么类型的书呢？我说我也不知道”。他确实不知道——也不想知道。在《然而，很美》的序言中，他说：“当我动手写这本书的时候，我并不清楚该采取怎样的形式。这点很有好处，因为这意味着我必须即兴发挥，于是从一开始，主题的基本特性便赋予了写作一股活力。”所以，不管这是什么类型的书，这都是一本充满爵士乐即兴精神的书，一本闲逛式的书。打开它，你就像走进了一座藏在城市角落的小型爵士乐博物馆（当然，是私人性质的），里面只有七个不大的房间，每个房间都属于一位爵士音乐家，房门上用漂亮的花体写着他们的名字：莱斯特·扬。瑟隆尼斯·蒙克。巴德·鲍威尔。本·韦伯斯特。查尔斯·明格斯。切特·贝克。亚特·派伯。你一间一间**逛**下去。与常见的博物馆展厅不同，这里几乎没有任何资料性的说明或展品，也没有专业的讲解员。但有音乐，有家具，有明暗摇曳的光线，光线里飘浮着尘埃般的回忆。每个房间都弥漫着自己独特的气氛：有的温柔，有的迷幻，有的忧伤，有的狂暴……你坐下来，让身体陷入沙发，你闭上眼睛，你能听见音乐，你能**看见**音乐……

这就是它给人的感受。因此，这本书不是研究的结果，是感受的结果。它的写作不是源于学术上的需要，而是源于情感上的需要——源自于爱。在上述的同一篇随笔中，当被问到他有什么资格去写一本关于爵士乐的书——既然他既不是音乐家，也不是音乐评论家——杰夫·戴尔回答说："什么资格都没有，我只是爱听。"所以并不奇怪，从结构到内容，这本书都散发出典型的爵士乐气质：既遵循传统，又勇于创新；既严谨，又自由；既随心所欲，又浑然天成。它的主体由七个篇幅差不多的部分组成，每部分都聚焦于某一位爵士音乐家，之间再用艾灵顿公爵电影片段般的公路旅程把它们串联起来（就像连接七个房间的走廊），最后是一篇作为后记的，条理清晰、语气冷静并极具创见的爵士乐论文（尽管如此，作者还是认为它"只是一种补充，而非与正文不可分割的一部分"——就像博物馆里设计很酷的小卖部）。

这七部分，无论是篇幅还是文体，都让人想到短篇小说——后现代短篇小说。它们由无数长短不一、非线性的片段构成，以一种错落有致的方式连缀在一起。场景，对话，旁白，引用，突然插入的评论，梦……但它们又不是真正的短篇小说，它们缺乏好小说的那种纵深和角色代入感——再说，它们的目的也不是为了变成小说。正如作者在序言中说的："那些音乐里发生了什么？为了描绘出我心中的答案……最终形成的东西越来越类似于小说。然而，与此同时，这些场景依然是一种刻意而为之的评论，要么是对一首乐曲，要么是对一个音乐家的某种特质。于是，应运而生的，既像是小说，也像是一种**想象性评论**。”

这种杰夫·戴尔所独创的“想象性评论”，也许是评论爵士乐的最好方法——尤其是考虑到这本书的出色表现。这主要是因为，从本质上说，爵士乐——或者说音乐，或者说艺术——是无法评论的。艺术是用来欣赏的，不是用来评论的。传统评论存在的目的是为了引诱或引导你去欣赏（就像本文），即使在最好的情况下，它也是次一等的艺术（比如厄普代克的书评）。在后记中，杰夫·戴尔引用了乔治·斯坦纳的话：“对艺术最好的解读是艺术。”他接着说，“所有艺术都是一种评论。……比如《一位女士的画像》，除去其他种种，本身就是对《米德尔马契》的一种注释和评论。”他这样说是为了说明一点：对爵士乐最好的评论就是爵士乐本身。事实上，这也从侧面说明了另一点：对爵士乐的“想象性评论”就是另一种爵士乐，一种用文字演绎——而不是评论——的爵士乐。音符变成了词语。乐曲变成了场景。（所以我们既能听见，又能看见。）就像爵士乐中的引用和创新，那些场景有的来自真实的逸事，有的则完全是虚构，而且，用作者自己的话说：

“虚构或变动的成分多于引用。因为在整本书中，我的目的是要呈现出这些音乐家在我心目中的模样，而非他们本来的模样。……即使我表面看上去是在叙述，但其实我并非在描绘那些工作中的音乐家，而是更多地在表达三十年后我初次听到他们音乐时的感受。”

但感受，仅仅是感受，会不会过于轻飘，过于脆弱？杰夫·戴尔用他形容蒙克的话回答了这个问题：

> 如果蒙克去造桥，他会把大家认为必需的东西一点点地抽掉，直到最后只剩下装饰的部分——但不知怎么他就是有本事让那些装饰品承担起支撑桥梁的重量，因此看上去那座桥就像建在一片空无之上。它应该不可能立得住，但它又确实立住了。

《然而，很美》就像一座蒙克造的桥。它充满了装饰品——只有装饰品。但那是何等精妙的装饰品：艾灵顿公爵和司机哈利在开夜车，“就像汽车是台扫雪机，把黑暗铲到一边，清出一条光的道路”。莱斯特·扬站在法庭上，“他的声音像微风在寻找风”。巴德·鲍威尔的妻子躺在枕头上，她哭泣，微笑，她说：“我耳朵里全是眼泪。”“锡色的天空，石棉般的云。” “城市静得像海滩，车流声像涨潮。”“一阵饥饿的风夺走他香烟的烟雾。”本·韦伯斯特的萨克斯“听上去充满了呼吸感，似乎它根本不是金属做的，而是个有血有肉的活物”。查尔斯·明格斯：“如果他是一艘船，那么大海就挡了他的道。”在阿姆斯特丹，切特·贝克“走过像家一样的古董店，走过像古董店一样的家”，他“站在窗边，望着外面咖啡馆的灯光像落叶在运河上荡漾，听见钟声在黑暗的水面上敲响”……这样的句子和场景比比皆是，俯拾可得。它们如此美丽，甚至过于美丽，你不禁会怀疑它们是否能“承担起支撑文学的重量”，是否能经受时间的重压。

它们可以。它“立得住”。十多年后的今天，它依然矗立——并将继续矗立。这是一座美丽、坚固而实用的桥，它不设收费站，没有任何限制和门槛，对所有人开放。即使撇开它的实用功能不谈，它本身就是一个艺术品，一个令人赞叹和欣赏的对象，更何况，它还可以把我们带向另一个更加美妙的世界：爵士乐。无论你是不是爵士乐迷，无论你有没有听过那些歌，这本书都会让你想去听一听（或**再**听一听）。比如对几乎每个人都听过的切特·贝克：

突然毫无缘由地，她明白了他音乐中温柔的来源：他只能如此温柔地吹奏，因为他一生中从不知道什么是真正的温柔。……（他）不把自己的任何东西放进他的音乐，因此，他的演奏才会有那种凄婉。他吹出的音乐感觉仿佛被他抛弃了。……切特只会让一首歌感到失落。被他吹奏的歌需要安慰：不是因为他的演奏充满感情，而是那首歌自己，感情受伤了。你感觉每个音符都想跟他多待一会儿，都在向他苦苦哀求。

这些句子让你想听，不是吗？而当你听过之后，你会想再看看这些句子。你的心会变得柔软而敏感，像只可怜的小动物。有时你会微笑，有时你会莫名地想哭，有时你会突然想起很久以前的某件事、某个人，有时你会站起来，走到阳台抽支烟。而当你看完，你知道你会再看，你会自信（甚至自豪）地向朋友推荐，你会永远把它留在书架，希望有一天，当你离开这个世界，你的孩子——你孩子的孩子——也会去读它。

就像它是另一部小小的《圣经》。或者，更确切地说，另一部《使徒行传》。莱斯特、蒙克、巴德、明格斯、贝克、亚特·派伯、比莉·哈乐黛……他们是另一种意义上的圣徒。他们无一例外的、宿命般的酗酒、吸毒、受凌辱、入狱、精神错乱（“如此众多四五十年代的爵士乐领军人物深受精神崩溃之苦，以至于可以毫不夸张地说，贝尔维精神病院跟鸟园俱乐部一样，都是现代爵士乐之家”），完全可以——应该——被视为一种献身和殉道。只不过，基督教的保罗们为之献身（并被其拯救）的是上帝，而他们为之献身（并被其拯救）的，是爵士乐。因而，不管他们的人生有多么悲惨，多么不幸，他们仍然是幸福的；不管世界有时显得多么丑陋，多么充满苦痛，然而，它还是很美。正如这本书的标题。它来自比莉·哈乐黛的一首名曲，也来自书中的一段对话：

——什么是布鲁斯？

——怎么说呢，那就像……那就像一个家伙孤孤单单，被关在某个地方，因为卷进了什么麻烦，而那并不是他的错。……他希望有人在等他，他想着自己荒废的人生，想着自己怎么把一切都搞砸了。他希望能改变这一切，但又知道不可能……那就是布鲁斯。

等他说完，她开始更为专注地听音乐，就像一个人凝视爱人父母的照片，竭力想找出某种隐约的相似。

——充满受伤和痛苦，最后她说。然而……然而……

——然而什么？

——然而……很美。就像亲吻眼泪……

再一次，这里回荡起杰夫·戴尔永远的主题：人生的自相矛盾，欲望的悖论，极乐与极痛的不可分割。不管是《一怒之下》中的作家，《寻找马洛里》中的侦探，还是《然而，很美》里的乐手，都被他们自己追寻的东西所折磨，所摧残，但同时又被它所拯救，所升华。我们也是。我们每个人。这是生命的法则。杰夫·戴尔用他的所有作品，为我们提供一份极乐生活指南，它们从不同的角度指向同一个方向：通往极乐之路。那条路的另一个名字叫“痛苦”。顺利通过它的唯一办法，就是爱，爱你的痛苦——“就像亲吻眼泪”。

目录

前　言

杰夫·戴尔

我被奥登的一些诗句困住了好些年——事实上，我被奥登的许多诗句困住了，但我心里想的这句是《侦探故事》（1936）里的，在这首诗里他谈到一个家，就是一个男人一定会发生三件或者四件事的中心地带。我想我搞不明白这个家的概念，因为我无法将发生在我身上的事精简到“三件或者四件”——总之我现在是做不到。奥登可能是对的，但就目前的情况而言，很多事情发生了，而且发生在很多不同的地方。相反，“家”恰恰是发生事情最少的地方。在过去的十几年中，“家”的概念已经有些次要了，因此也越发含混不清。也许正如斯坦贝克所说，“我以四海为家”，有许多家“我还没有见到。所以我才会如此焦躁不安。我还没有见到我所有的家”。

奥登这首诗的开头提出了一个问题，“对于完全看不见风景的人来说……？”第一节的中间他又问，“那些不能绘制自己生命地图的人……？”我不能（或者说我现在还不能）。这本书描绘了那些构成我生命特殊阶段的风景，但它是一张醉醺醺的、完全不能信赖的风景地图。它写了一些地方，在那里发生了一些事情，或者没有发生；它写了我待过的地方和我发生的那些事情；它写了我曾想要去的地方，我路过的地方或是停留的地方。从某种意义上说它们都是同一个地方——同样的风景——因为这些事情的当事人是同一个人，他是所有在此处与别处发生的事情的总和。这本书里的一切都是真实发生过的，但有些只是发生在我的头脑里；同样的，所有在本书里没有发生过的事情也没有在我的头脑里发生过。

水平漂移

1991年，我在美国新奥尔良生活过一段时间，住在滨海大道的一家公寓里，紧挨着著名的法国区，这里时不时会有一些英国游客因为拒绝交出手中的摄像机而被附近嗑了药的抢劫犯杀掉。我却从来没有遇到过麻烦（当然我也买不起摄像机），尽管我无时无刻不在四处晃荡。

我和女友在从纽约到洛杉矶的路上经过了新奥尔良，我决定去这个城市看看。那次我们正替人递送汽车，跨州的话，通常要求走最短的直路，最多可以超出几百里，但是我们的车没有原始里程数的记录，我们就在州与州之间绕来绕去，超出了正常里程数几千里，把自己弄得筋疲力竭。在这次狂乱的旅程中，我们只在新奥尔良住了一夜，但是它（我指的是法国区，而不是整座城市）就像是这个世界上最完美的地方，我发誓等下次有大把的空闲时间，我一定会回来。我一向喜欢发这种誓，却总是食言，但这一次不同，路过新奥尔良一年以后，我又回到这个城市，在此地待了三个月。

找到出租的公寓之前，我先在皇家街客栈住了几晚。我本希望能在法国区中心找到一个带阳台、有摇椅和风铃的屋子，在它的阳台和摇椅上俯瞰其他屋子。最终我却在法国区危险的外围住了下来，那是一处带有小阳台的屋子，俯瞰一片空地，我晚上走回家时，这片空地总是隐约藏匿着某种威胁。

我在新奥尔良唯一认识的人是詹姆斯和伊恩，一对五十多岁的恋人，是我在伦敦认识的一位女友的熟人的朋友。他们对我很热情，两人比我年长不少，又都感染了艾滋病，喜欢过安静的生活，我也就迅速地习惯了一个人日常的工作和孤独。在电影里，某人搬到一个新城镇——即使因为谋杀妻子而蹲过很久的监狱——也很快会在当地超市的收银处或是吃第一顿早餐时遇见一个女人。我三十多岁时经常四处游荡，搬到一个人也不认识的城镇，可我在超市从未遇见过一个女人，我在新奥尔良 Croissant d’Or[①]吃第一顿早餐时，也不曾遇见。即便

① 著名的法国糕点店。

我在取名贴切的Croissant d'Or里连女侍者也没有遇见，我仍然每天都在那里吃早餐，他们的杏仁牛角面包实在是我吃过的最棒的牛角面包。有时候一连下好些天的雨，是我见过的最大的雨（当然后来还见过更大的），雨下得再猛烈，我也不会错过在Croissant d'Or的早餐，一是因为这里有非常好吃的牛角包和咖啡，更主要的是，它已经成为我每天生活节奏的一部分了。

晚上我去街边的“停靠港”酒吧，我曾试图在收看CNN[①]的海湾战争报道时和一位女招待搭讪，没有得逞。巴格达的第一次空袭之夜，这家酒吧充满了兴奋和预言，喧闹不止。滨海大道的很多树上挂着黄丝带，每天我都经过那里去Croissant d'Or，我喜欢一边吃我的杏仁面包，一边看来自海湾的最新报道，或者是《纽约时报》，或者是当地报纸，名字是——路易斯安那什么的？——我忘记了。早餐后我走路回家，工作很久很久，然后在法国区散散步，似乎是被家家户户垂挂的风铃的声音所引诱了。那是一月份，但气候温和，我经常坐在密西西比河边阅读关于新奥尔良及其历史的书籍。这座城市坐落在密西西比河河口，地基在淤泥中，它的房子每年都会向下沉陷，再加上阳光的曝晒和雨水的侵

① 美国有线电视新闻网。

蚀，法国区的许多房子都明显地倾斜了。这种垂直的偏离却被水平的漂移抵消了。密西西比河的南口冲积了如此巨量的砂砾，将河流淤塞得不得不改道，以至于整个城市都在移动。每年，街道都会相对河流的位置移动一点点，微妙地改变了城镇的地貌。詹姆斯和伊恩所住的迪凯特街和十九世纪地图上标示的位置相比，就偏差了一些。

一天下午，我坐在密西西比河边，背后的铁轨传来货车驶过的隆隆声，非常缓慢。我总是想跳上一列货车，我跃起，鼓起勇气想要跳上车。火车的长度和蜗牛的速度意味着我有很长的时间（太长了）去周密考虑跳车这件事，我害怕有麻烦或弄伤自己，我足足站了五分钟，注视着车厢一节节咣当咣当地过去，直到整个列车驶过。我注视着它蜿蜒消失，充满了紫丁香般的幽怨，就像是你在街上看见一个女人，你们的目光相遇了片刻，你没有开口说话，她走了。那一天你都在想，假如你和她说话，她不会感到被冒犯，反而很高兴，也许你们会爱上彼此。你好奇她叫什么名字，也许叫安吉拉。我没有跳上货车，我回到了滨海大道的公寓，让我小说里的人物跳上去了。

你孤独的时候，写作可以给你做伴。它是一种自我补偿，一种对事物的弥补——而不是对事物的虚构——

这种事并不怎么发生。

平淡无奇的几周过去了，天气越来越温暖和潮湿，狂欢节就要到了。我可以在狂欢节的时候搬出来，把我的公寓出租，价格会是平时的四五倍。幸好詹姆斯和伊恩要外出，他们答应我搬到他们在迪凯特街的住所，那里离密西西比河不像过去那么近了。一开始很有趣。狂欢节。我喜欢抓东西的运动——塑料杯、珠子，其他小饰物，其实都是些垃圾，它们是从拥挤的街道上缓缓移动的疯狂彩车上抛下来的。这种运动像是篮球，又像是站在一群难民中疯抢士兵发放的食物供给。我个子很高，伸手够得比大多数人都高，尽管在路易斯安那也有一些高个子，他们主要是黑人，而多数白人比较矮，我很容易比他们跳得高。一天晚上，我和一群人正沿着壁垒街打闹，跳着去抢杯子和珠子，这时枪声响起。大家全都尖叫起来，惊慌地四处乱跑。不知何故，我的一只膝盖发软，这种事以前从没发生过，我蹒跚着撞到了前面的一个人，为了不至于摔倒，我一把抓住了他。这引发了另一阵恐慌，每个人都停下了脚步，处处都是警笛声和警察，一切都回到了狂欢节如常的骚动。

嘉年华的日子越来越令人不快，简直成了一件无聊的事。法国区挤满了大学生，丢满了百威啤酒罐和破塑料杯，街上散发着酸馊的啤酒和新鲜呕吐物的臭味。另有轻佻的一面，是由各种群体主办的奢华舞会。伊恩把他收到的一封宴会请柬给了我，在那里我遇到了安吉拉，一位年轻的黑人姑娘，她正在一家法学院读财富积累专业。舞会的第二天，她身穿新洗过的李维斯牛仔裤和一件红色衬衫来到詹姆斯和伊恩的公寓。她用一根红色缎带把头发扎在脑后。我们肩并肩站在阳台上，喝着白葡萄酒，那酒杯如此纤细，让你不忍一握。我们的手搭在阳台栏杆上，近在咫尺。我的手向她的手移动，几乎要碰到她的，接着它抚摸她的，她没有抽出手，我开始爱抚她的胳膊。

“这感觉很好。”她说，目光仍向街上望去。我们接吻，各自握着一只精细的酒杯，放在对方的背后。接完吻后我们不知道做什么，就又接了些吻。

狂欢节后不久，法国区恢复了它安静而空荡的常态，多纳利，一个与我同样年纪和身高的家伙搬到了我的隔壁。他的头发有点儿长，身着T恤和棒球鞋，可没有我那时候穿得时髦。我们在楼道遇到过几次，比较了一下彼此的公寓——几乎一模一样，我们去“停靠港”吃了一次汉堡，后来就经常在一起厮混了。大概四年以前——“1987年的愚人节。”他说——多纳利得知自己得了皮肤癌。医生说他只有三成的希望能活下来，他经历了一系列手术，仍然精力充沛，我们相遇前的五个月他还有力气闹自杀。那以后他住进了洛杉矶的一家精神病院，现在正在图兰大学医院“接受”进一步的癌症治疗。（在多纳利的简历中，医院扮演的角色就像我的简历中大学扮演的角色一样。）

多纳利来自美国加利福尼亚，网球打得很好。下午我们经常随便打上一个小时（他觉得记分没有意义）。他的水平高出我许多，但我喜爱扣杀每一个球，而且我有强烈的求胜心（尽管我们没有记分），我们就算是球逢对手了。打完第一场后，他脱掉湿透了的T恤，他的背部和胸部让我震惊：一具伤痕累累的躯体。晚上，我们在酒吧里喝得醉醺醺的，或者随便闲荡，通常是在“停靠港”，有时候也去别的地方。他总是喜欢谈论他经历过的“癌症和其他臭狗屎”。第一次检查结果发现是阳性时，他和父母住在一起。

“我在卫生间里刮胡子。我妈妈打开信封，走进来，拥抱我。我是这样说的：‘妈妈，我在刮胡子。’”

“你从来没有感到难过？”

“我的生活毁了，但我没有难过。你知道，他们一直在说什么‘接受’外科手术，‘接受’化疗。真让我心烦。我从来没这么想过。我只是在过我的日子。我不是在‘接受’它。”

我们坐在我的阳台上，他一边说着，一边看着空地上孩子们在玩耍。天黑得很快。

“你为什么要自杀?”我问道。

“不是因为我抑郁或是别的什么。我甚至不是特别想死。我只是不再想活了。”那一晚上他都在吸可卡因，他说。然后他坐在车里喝啤酒，听音乐，感到很幸福，而排气管将车内灌满了一氧化碳。

天黑了，还是温暖的。我们看不见玩耍的孩子了，不过能听见他们的说话声。

“你的朋友怎么看?”我说。

“我想他们会想，这才是多纳利吧。”

精神病院的医生和我一样好奇。他们见过很多自杀未遂的案例，却从来没碰到过这种。他们寻找线索，询问他“有没可能是酗酒的原因”。

“我真希望如此，”他说，“这么久以来我在这上面花了很多钱和时间。”

对他来说，一切都和以前没有什么不同。他什么也不在意，却有很强的交友能力。他很体贴大方（他没有工作，却一直手头宽裕），从不强人所难，而每当我建议去喝一杯或吃点什么时，他又总是积极响应。我敲他的门时，他永远是躺在床上喝啤酒或是看电视。他从不读书——连报纸也不读——他从不觉得无聊。他所有的时间都是在做他自己，做一个美国人，做一个叫多纳利的人。

一个周末，多纳利的家人来访，我和安吉拉则驾着她的车去了密西西比。之前她离开了一段时间，和她的朋友们去了东海岸，所以我们有好几周没有见过面了。我们时常相拥而吻，却不曾真正睡过。我希望在我称之为“自由之旅”的途中，我们能有过一次。安吉拉不知道我的意图。这都是十年前的事了；回首往事我屡屡感到惊讶，人们竟然有那么多不知道的事。这就是旅行的一个特别之处，你知道了一件事：这个世界上有许多人，甚至受过良好教育的人，是相当无知的，而这其实也是无关紧要的。

我们沿着路易斯安那的平原行驶，经过了沃克·埃文斯[①]镜头下的风景以及一排排贫民窟，越靠近密西西比，那些房子越是破败。我们开得很慢的时候，人们就会停下手中的活（即使是什么也不做），望着我们开过去。天色阴沉又潮湿，积云滚滚。我隐隐约约地期待我们会成为种族暴力的牺牲品，戴着棒球帽的白人乡下佬会漫不经心地用石头砸碎挡风玻璃，但我们遇到的每一

① 沃克·埃文斯（Walker Evans，1903—1975），美国摄影大师，尤其以关于美国乡村和小镇的人们及环境的鲜明照片而闻名。

个人——主要是加油站的服务生——他们太疲倦而且又太有礼貌，除了汽车的牌子，他们什么也不曾注意到。

我们住进了杰克逊的一家汽车旅馆，在一家霓虹闪烁的汽车餐厅吃了晚餐，他们供应分量很足的家常饭。晚饭后我们回到了汽车旅馆。我忘记把在新奥尔良买的避孕套带来了，箭在弦上，我们也顾不上那么多了。

“你要是有艾滋的话，我就杀了你。”安吉拉说着，一边引导我进入她。“不要进入我。”她又说。

我们的性事结束之后——我很自然地趴在她身上——躺在密西西比的黑暗之中，车灯扫过天花板，我们听着从隔壁屋里传来的电视声。

“你以前和黑女孩做过吗？”

“是的。”

“多少？”她说道，听起来像是松了一口气。

“两个。你知道可笑之处在哪里吗？”

“她们都问我，我以前是不是和黑女孩做过。”

我们事先从一家酒类专卖店买来了啤酒，余下的整个晚上都在房间里喝酒，好像我们才抢劫过一个加油站，正在逃亡的路上。

回到新奥尔良后，我和多纳利也出门远足，进入过沼泽地——水面上漂浮着的像木头一样的东西，已经漂流了几千年，竟然是短吻鳄——我们会环绕新奥尔良驾车兜风，一边听摇滚乐。一天晚上，我们在城市公园东边的菲尔莫街上行驶，天上飘起了蒙蒙细雨。雨刷模糊了车窗外的红灯，霓虹投射成车窗上绿色的小水坑。一辆等着变灯的车就在前面，我们的车滑向了它。我们速度不快，但是金属的碰撞声很大，玻璃碎屑散落如雨。两个小伙——两个黑人小伙——从车里出来，朝我们走了过来。多纳利把手放在仪表板的杂物箱上。这两个小伙检查了一下他们被撞的客货两用车，想看看有没有撞坏的地方——没有，至少是没有新的剐蹭，他们看来没有放在心上。多纳利关上了杂物箱，摇下车窗。其中一个小伙走过来和他交谈。他闻到了我们车里的烟草味儿，笑了起来，多纳利把他刚才抽的大麻递给他。两个黑人小伙坐回到他们的车里，我们两个白人小伙也继续上路了。有一刻我紧张极了。在美国，你对种族会非常敏感，在英国你完全不会有这种感觉。你发现自己进入了一个黑人区，你想，糟糕，我在黑人区，也许我不应该来这里。多纳利说，他们下车时，他也有一点儿不安。

“所以我要带上这个，”他说着，一边打开杂物箱，把手伸进里面。他递给我一支枪。我以前从未摸过枪。它看起来很小、很重，乌黑、危险。我把枪还给多纳利，他又把它放进杂物箱，合上盖子。

“麻烦的是，我只剩下两颗子弹。打个比方，要是三个小伙要强奸我，我该怎么办？”

我不知道说什么。我也来自英国，一样对枪的用法不熟悉。

“两颗子弹。”多纳利说道，摇了摇头。

“也许你应该多买些子弹。”我说。

“你说得对，哥们儿。我要多买些子弹。”

“两颗子弹……”

“他妈的，两颗子弹和没有一样。”

“只有两颗子弹的枪有什么用呢？”我说。我渐渐掌握了枪支谈话的诀窍，并且十分享受。

“一支枪需要六颗子弹。”多纳利说。

“比如六发式左轮手枪。”

“我最少还需要四颗。”

“你的潜能只用了百分之三十三。”

“六减四等于二。”

“还缺四颗。”

“一个枪里只有两颗子弹的家伙就是傻子。”

“我可不想这么说，”我说，“我怕让你不爽。”

“你就算是没说出来，我也知道你心里是这么想的。”

“如果我是你，我明天就去枪支店。一大早。”

“你说我到那之后会做什么？”

“你会买四颗子弹。”

“我可能会买六颗。”

“好主意。”

“我就会有两颗备用的了。”

“没错，两颗备用。”

我们把车停在公寓楼外。雨下大了，我们快步走向“停靠港”。海湾战争结束了，酒吧比以前还要喧闹。我们坐在酒吧里。多纳利和那个我曾试图搭讪的女招待睡过了，她给我们免了酒水费。我很饿，点了一个汉堡；多纳利吃过晚饭了，但也点了一个。我们曾在这里喝得醉醺醺；喝了这些酒，我们开始胡言乱语。他和我讲起他入伍的日子。他的部队在柏林驻扎，他和另一个家伙定期向苏联人卖情报。结果他们挣了一大票，使劲花也花不完。周末他们会飞到巴黎，为了和美丽的法国妓女睡上一夜而一掷千金。他在洛杉矶染上的可卡因瘾也越发不可收拾了。

“你会为此内疚吗？”

“什么？把钱都花在可卡因和妓女身上？”

“不是。把秘密卖给军情五处——我是指克格勃。”

“只是觉得钱唾手可得。”

“我觉得是背叛。”

“哦它是的，哥们儿。”

多纳利总和我说这些事，关于他是多么不值得信任的那些事——背信弃义到如此程度——但我从来没想过不要信任他，从来没想过不要相信他对我说的那些事。不仅仅是如此，他以他的方式让我感觉到，他是我遇到过的最值得信任的人，一个我能托付的人（不是说我有什么事情要托付），我丝毫不担心他会背叛我。我觉得，这一切意味着他是我的朋友。像我这样生活的人，住过不同国家的不同城市，我已经习惯于在别人不再交新朋友的年纪结交新朋友，而他们就是靠十九、二十岁时在大学时积累下的日渐减少的朋友储备为生。这是我的生活中最快乐的事情之一了，也许我讲这个故事——这个真实故事——的唯一原因是我想把这个简单的事实记录下来，那就是在新奥尔良这个我们几乎谁也不认识的城市，我和多纳利成为了朋友。

“你知道，我还在想着子弹的事。”吃完汉堡，我们又点了些啤酒后，他说道。

“我知道，”我说，“我能猜到。”

“我可以买十颗：四颗装和六颗装的。”

“两套六颗装的。”

“我不需要那么多。”

“那就六颗吧。我的意思是，买六颗装的。”

“二加四。”

“等于六。”

“加上你原有的两颗。”

“答对了！”

我在新奥尔良的日子到了尾声。我要去圣克鲁兹，我转租了一位朋友的公寓，他要出门几个月。我才在新奥尔良找到了生活的感觉，却又到了离别的时刻。离愁别绪往往化身为购物的强烈冲动。那个阶段的我不喜欢穿凉鞋，但是在多纳利的坚持下，我买了一双Teva[①]运动凉鞋，就像是脚上穿了一只手套，一只脚各穿了一只——我是想说，穿在脚上的感觉像袜子。我还买了一副近视太阳镜，让我见到了以前从未见到的世界，闪闪发光的清澈世界，玫瑰红色的明亮世界。

多纳利也想去西部，但不想去太远的西部。假如他又到了洛杉矶，他肯定会自杀的。他想去拉斯维加斯，

---

① 1982年，美国科罗拉多河一位资深领航员马克·戴卓尔，经常处于险地，他厌倦了既湿又滑又重的运动鞋，而一般凉鞋又容易被激流冲脱，他决心创制出一双无论在绑带系统、抓地性能、轻巧舒适还是坚韧耐磨方面都有卓越表现的运动凉鞋。1983年，马克以亲身经验不断钻研及测试，创造了世界第一双运动凉鞋Teva，它既有运动鞋的稳定弹性，又拥有凉鞋的透气舒适。

在“新奥尔良的西部，又不像洛杉矶那么西面”。

“好啊，”我说，“正是如此。”他在那儿有朋友，在拉斯维加斯。我们时常谈起合写一部关于他的生活的书稿。“所有那些垃圾间谍内容”都让这本书显得很有商业价值，但我却视它为一种寓言，一种不带任何说教或寓意的寓言，一种无法从中学到任何东西或得出任何结论的寓言。我对写这本书有极大的热情，他也是。

从我们的自由之旅回来后，我和安吉拉又睡过几次，但是没有什么了不起的事发生。我们见面的次数如此稀少，从见面到不见面的过渡几乎是无法察觉的。也许我传染上了多纳利对事物的冷漠态度。我怀疑这也并非是我唯一传染上的。我感觉身体不太对劲：我撒尿时有轻微的灼痛感，非常轻微。

走之前的那个晚上，我和多纳利醉醺醺地坐在密西西比河边（据说天黑后待在这里不是明智之举）。几乎是一轮满月了。严格地说它不算是满月，但也非常圆了。我告诉多纳利我幻想跳上那节火车的事。

“你真应该这么做，哥们儿。”他说。

“我知道。我在书里这么做了。”

“那天晚上我想自杀，可是几乎要放弃了。我很少会自寻烦恼。我又想，操，随便哪个晚上你都可以这样坐在你的车里喝酒啊。来吧，让我们继续吧。”

“这是怎样的意志力！”

水面有油轮驶过，向着目的地坚定而缓慢地前进，河对岸是阿尔及尔吊车，河的这边是我们。那天没有雾，我记忆中的画面却有雾角声。圆月时不时被涌向海岸线的乌云所遮挡。大河不像是威武的棕色大神[①]；它仅仅是一条巨流河，太苍老，太沉重，早就对奔向墨西哥湾或别处失去了兴趣。不过是难以平息的惯性在推动着它向前。

第二天早晨，多纳利开车送我去机场，我先飞到旧金山，接着坐汽车去圣克鲁兹。我撒尿时的灼痛感已经不容忽视，我去了诊所，医生给我开了些治疗衣原体病菌的抗生素。

我和多纳利有时候会在电话里聊聊，我们合作书的计划却搁浅了：我正在创作的小说所花的时间比预计的要长——实际上我根本没有完成它。渐渐地，我们失去了联系。

最近我听说詹姆斯和伊恩都死了。我最后一次听到多纳利的消息，是他还住在拉斯维加斯的时候。几年前我给他打过电话，但那个号码打不通了。我没有他的备

---

① 语出诗人艾略特的长诗《四个四重奏》：I do not know much about gods; but I think that the river is a strong brown god.

用地址——那是电邮之前的时代——我也不知道他会在哪里。离开新奥尔良之后我又搬过很多次家，我不知道多纳利是不是找过我。有时候我想要把他找到，又不知道从何找起。他可能在洛杉矶，可能在任何一个地方。很可能，他已经一枪崩了自己。

柬埔寨小姐

念书时圈圈个子细长又骨瘦如柴，别的孩子都叫她柬埔寨小姐，她三十三岁时去了那里——去了柬埔寨——和我一起。这么说来，我们的旅行有点回家的意味，每到一处都受到了热烈的欢迎，可是没有人意识到圈圈是从前的柬埔寨小姐。对柬埔寨人来说，她不过是一位高个子游客，她受到的皇家礼遇也仅仅是因为她无垠的财富。

在圈圈成为圈圈之前，她叫撒拉，我们在南亚旅行时，越来越感觉到像撒拉和杰夫这样的名字实在太无趣了。我们总是遇见叫漩涡、乌鸦或伴侣猫的人，其中我最喜欢的名字是多云的水箱水，我们决心也给自己起一些有趣的名字。当然在你以某种方式成为圈圈之前，你不能叫自己圈圈，撒拉早就想叫自己圈圈（我们在印度果阿遇到一个小女孩叫这个名字，一阵情感冲动之下，我们短暂地考虑过收养她），然而她要等到合适的时机才能确认这个新身份。我们也意识到起这个名字能加快对应人格的成长。作家遇到同样的给人物命名的悖论：假如书中人物不是完美的人，那叫迪夫[①]就不太好，假如你叫一个人物为X，作为一种权宜之计，那只会阻碍他形成与他名字匹配的性格，他本可以叫布拉特或赛巴斯蒂安或斯坦。在她成为圈圈之前，撒拉需要获得一种身份上的“圈圈特性”，一种“我的开始就是我的结束”的生活态度，甚至要有一股和她本人性格不相称的瘾君子的迷糊劲。我们就是这么想的。我们飞往柬埔寨的前几夜在泰国帕岸岛，撒拉没有调整她的个性，就向一位朋友自我介绍说她叫圈圈——奇怪的是，居然奏效了。我很高兴，我完全支持她起新名，但是我喜欢原来的那个叫撒拉的人。是的，“伴侣猫”让我很开心，她告诉我们从泰国苏梅岛到柬埔寨有不可思议的低价航班，我却很快厌烦了她的迷糊劲。“伴侣猫”戴着很大的绿色广角太阳镜，一边和我们说着那些便宜的机票。

① 迪夫（Dave），大卫王（David）的昵称，完美之人，也是被爱之人。

“你去柬埔寨什么地方?”圈圈问道。(那时候她仍叫撒拉。)

“哦，我不确定，”“伴侣猫”又说，“我想是西贡吧。”这是很精彩的注解，然而我们心里明白，即使撒拉叫自己为圈圈，她在地理知识上也永远不可能达到如此糊涂的境界。

这趟航班是飞往金边的，我们对这个城市几乎一无所知——除了知道它不是西贡。这里的街道如同北非小镇上的那样荒芜，人们除了慢慢变老，就无事可做了。街道上挤满了年轻人，他们一无所长，只知道逆来顺受地活着，更给人留下那样的印象。一种充满能量的倦怠主宰了一切。也许只是因为天太热了。没有街灯的街道上——就像迪伦说到罗马时——充满了碎石。漂在碎石上的人力三轮车像鱼，像鸟，像鱼缸里的鸟：像鱼，是因为他们处变不惊的从容；像鸟，是因为他们高高地栖息在车座上。这些交通工具不只是谋生工具，他们就住在那里。他们不在城市里四处滑行寻找客人时，或是不送客人去哪里时（送客人的情况很少），总是睡在车上。(人力三轮车这个词指的是车，还是车夫？谁能区分出舞者和舞蹈?）理想状态下我们本应买一辆三轮车——这件工具——把它运到旧金山，把它带到火人节[1]，我们能用它把客人载到黑岩城的任何地方。对车夫来说，理论上它是一件很艰辛的工作，可是他们很少有客人，拉客人时走得也不快，他们踩着脚踏穿过遍地瓦砾的街道时，并没有显出很吃力的样子。有人警告过我们，人力三轮车习惯于走直线，你需要给出明确的行驶路线。一是因为你要去的任何地方在他们那里永远是而且必然是“好远好远”，二是因为他们对自己的城区一无所知，又毫无方向感（我们对柬埔寨了解更多以后才发现，多数柬埔寨人都没有方向感，不仅是这些车夫）。好几次我们都回到了出发的地方，而未能到达目的地，在惊人的炎热中，我们感觉仿佛用了三十分钟就绕了地球一圈。

这些没有结果的人力三轮车之旅总是开始和结束于外国记者俱乐部。很快你会发现此处最明显的标志就是它根本没有外国记者的影子。如果你能在这里撞见雷沙

① 火人节（Burning Man），是一年一度在美国内华达州黑岩沙漠举办的活动，火人节这名字始于周六晚上焚烧巨大人形木肖像的仪式。这个活动被许多参与者描述为激进的自我表达以及彻底自力更生的实验。

德·卡普钦斯基[1]、詹姆斯·芬顿[2]和约翰·皮尔格[3]，你就能在“好莱坞星球”[4]撞见布鲁斯·威利斯。它是一家主题咖啡屋，生意人、游客、工程师有机会扮演一下像外国记者那样拼命喝酒的角色，而无须承担恼人的发稿苦差。我们觉得它很不错。微风从河边吹过来，我们享受坐在这里的时光，吃着木制火炉烤出来的美味比萨，从令人虚弱的酷热中渐渐恢复。我们不在外国记者俱乐部时，就只能在令人虚弱的酷热中漫步，热得让人头昏——真是让人头昏，以至于我在根本不需要理发的情况下步入了一家理发店。有些人必须要去同一个剃头匠那里——或者是发型师——我却喜欢世界各地各种便宜的剃头匠。剃头是一门讲良心的好生意，只要你不迷失在过度标价的理发厅和漂染造型师的王国里，全世界的水准都是差不多的。这位剃头匠只有一条腿，他不会讲英语，但他剃头的水平并不会被这两个缺陷所影响——他手艺精湛，剃头时带着某种骄傲。他绕着我的

① 雷沙德·卡普钦斯基（Ryszard Kapuscinski，1932—2007），波兰最著名的驻外记者，尤其擅长第三世界国家的新闻报道。

② 詹姆斯·芬顿（James Fenton，1949— ），英国当代诗人、著名战地记者。

③ 约翰·皮尔格（John Pilger，1939— ），英国战地记者、作家与制片家，两度获颁英国新闻界最高荣誉“年度记者”。

④ 美国拉斯维加斯的一家豪华酒店。

头团团转，一小群人围了过来，咧着嘴围观。剪完头之后，他又额外按摩了我的头颈和肩膀，所有和这个“业务有关”的人——包括圈圈和其他围观的人——最后都心满意足地走开了。

金边没什么值得参观的地方，但我们接着在街上漫步，逛逛景点。皇宫、银殿、塔山寺……正如圈圈在给她妈妈的明信片里所言：“没什么可写的。”的士司机竭力主张我们去杀人场[①]，我们太热太累了——酷热让我们每时每刻都很累——我们没有欲望去观看累累白骨，只要有可能，我们就会躲进外国记者俱乐部那熟悉的微风里。

有一天晚上坐在那里，我们与一位汗流浃背的得克萨斯人聊了起来，他说：“在这个国家进行陆上旅行的唯一办法是走水路。”

“你总是可以坐飞机的嘛。”圈圈俏皮地说道。得克萨斯人看了看她，像在看一个白痴一样，但是陆上旅行——更准确地说是缺少路的旅行——实在让人筋疲力尽，我们采纳了他的建议，买了去暹粒的高速游艇票。总共有两条船，我们到码头时都已经满员了——我们清

① 红色高棉杀人场（The Killing Fields of Choeung Ek），距离金边市15公里，是红色高棉建立的集中营。

晨六点半就到了，提前了半个小时——不过在南亚，没有一样交通工具是完全满员的，我们和其他西方人一起挤到了顶部，柬埔寨人待在下面的阴凉里。洞里萨河的红褐色河岸仿佛是小型的悬崖峭壁，可见干旱季节快结束时水位有多低——这段时期，雨是随时会来的。我们准时出发了——与此同时，机器出故障了。短暂的延迟过后，我们又出发了，但故障还在，圈圈说："这不是个好兆头。"

天气热极了，船速很快，随之而来的微风让我们感到一丝凉意。两条船一前一后，轮流换航，换班时在彼此的尾波中颠簸行进。坐在我们边上的是一个加拿大人，留着海明威式的胡须，他解释说，这条河一年中有半年朝一个方向流去，另外半年朝着相反的方向流。河流总是蜿蜒曲折——这是它们的本性——我倒是第一次听说会向相反方向流动的河流。

"这是一个多么奇怪的始终如一的国家啊，"圈圈说，"就连河流也没有清楚的方向感。"

好一会儿，我们向大河的河岸凝望，其实并没什么可看的—— 一些茅草屋，洗衣服的女人，挥舞泼水的孩子，几处散落的贫民区——我发现没什么引人注意的地方，就什么都不注意了。这时，河岸消失了，我们被四面八方一望无际的水所包围。洞里萨河变成了洞里萨湖。

船只对这个微妙但很关键的变化毫无感觉，在没有标志的水面上开足马力。很难判断我们行驶的速度，我们似乎在完美地前进着。我用纱笼[①]罩住头，不知不觉睡着了，船突然减速，我被震醒了。螺旋桨掀起一块块厚厚的淤泥。船完全停了。沉默突然来到，船只静止不动后突然升高的气温更让人措手不及。船长跳下水，我惊讶地看着他走在才没到他小腿的水里。另一艘姐妹船在我们前面也停了下来，不知道它是为了等我们，还是也搁浅了。太阳复仇一样鞭打着我们。没有一点声响，没有一点风。船长走远了，大概是想找到深水区。船员成功地把螺旋桨从淤泥中拔出；马达明显没有损坏。两艘小渔船过来帮着把船拖出来，但是它们差点也陷了进去。我们船上的几个德国人跳下船去推，可他们只有四个人，这么点人手干不了这么重的活。所以他们催促其他旅客一起推，但我害怕血吸虫——柬埔寨可能有也可能没有——我不想站在银褐色的水里。前柬埔寨小姐——圈圈——当然也无意去帮忙。她宁愿在灼热的太阳下自生自灭，一边往她的长腿和细胳膊上涂抹防晒系

① 纱笼，一种服装，类似筒裙，由一块长方形的布系于腰间。纱笼盛行于东南亚、南亚、阿拉伯半岛、东非等地区。

数很高的防晒霜，也不愿意为自救出一份力。她头发上的汗水滴到了肩膀上，乌发水光粼粼，十分可爱，像是才从淋浴中走出。

另一艘船过来了，我们试图把螺旋桨连在他们的牵引马达上，还是纹丝不动。情况越来越绝望，尤其是当我们发现姐妹船已经不见了，离开了我们——就像圈圈说的——“它就像是油画里大海上的一艘船一样悠闲。”

“水，到处都是水。”我说。

“可是一滴喝的水都没有。”圈圈说。

“水，到处都是水……”

船上到处都是游客的议论声，都在指责船长的无能。既然他天天都走这条线路，会犯下这么愚蠢的错误简直不可想象——更愚蠢的是，我们的船触到底后，不应该再在淤泥里挣扎，这样只会越陷越深。我们左手处不远的地方，细长的枝条从湖面上伸出，表明我们偏离了那条航道。船长为什么要这么做？为什么要偏离正确的航道？我们坐在烘烤的船顶，这些没有答案的问题折磨着我们。我们陷入了时而反叛时而无能的情绪当中。我们的加拿大朋友对亚洲的水上生活多少有些了解——过去的两周内他坐过三条船了，他说，它们全都出现了故障，全都搁浅了——他坚信摆脱困境的唯一办法是把船上的所有乘客和物品都卸载，也许能产生足够的浮力，让我们得以从淤泥里脱身。没有人听从他的建议。此时是正午。我们最后一口饮用水早就喝完了。我们不再流汗了。阳光恪尽职守：它捶打着湖面、船只和我们。阳光太强烈了，整个湖像是要沸腾一般；于是又会蒸发不少水分，湖面的水位会降低，船只会陷得更深。

“几个小时以后，”我对圈圈说，“这条船就会变成美杜莎之筏[①]。”太阳鞭打我们，耗尽了我们的力气。这就像是在水的沙漠里，一个水汪汪的沙漠，从一个地平线向另一地平线望过去，什么也看不见，除了那些极有规律地摇晃的小渔船之外，它们都愿意搭把手，但什么用也没有。

终于，恰如那位加拿大人所建议的，船上的所有人都被接到了另外一条船上。在炼狱般的日头下，这项危险的操作似乎无休无止。我们被转送到的那条船负担过重，已经有下沉的迹象——进入水里有四英寸了。甚至还有一条船绑在我们的船上——那艘所谓的高速游艇，我们刚放弃的那条船——从我们的新船上，我们能看见

① 美杜莎之筏（The Raft of the Medusa），是法国画家泰奥多尔·籍里柯于1819年创作的油画。画家以金字塔形的构图，描绘了筏上幸存者发现天边船影时的刹那景象，刻画了遇难者的饥渴煎熬、痛苦呻吟等各种情状，画面充满了令人窒息的悲剧气氛。

在旧船的螺旋桨、新船的牵引马达和黝黑的德国人的推力的共同作用下，我们的旧船移动了，先是一英寸，然后是几英尺。随后就可以正常行驶了。从淤泥中解放出来，船只像脱缰的野马一样咆哮，有人——其实是我——率先鼓掌欢呼，感谢来搭救我们的“可爱的柬埔寨人民”。

我们又被运回到原来的船上，我们的头被太阳晒得阵阵作痛，准备继续这段从冒险变成了苦行的旅程，但这一切远远没有结束。我们又起程了，仍然没有脱离险情。尽管我们的期望值已经很低，我们对船长的信任很快跌到了新的谷底。看不出我们有任何前进的迹象。什么都没有变。洞里萨湖向四面绵延。看不到陆地。

“你知道吗？”圈圈说。

“知道什么？”我说。

“我觉得我们在划圈圈。”

“你觉得什么，圈圈？”

“我说，‘我觉得我们在划圈圈。’”

“你刚才说，”我说，“我们在划圈圈。”

“严肃点。我觉得是。”

确实是。太阳晒得我头昏眼花，过了一会儿我才承认圈圈是对的：我们是在一遍遍地划圈圈，圈圈越划越大。为什么？我们在金边的人力车夫身上看到的方向感缺失（在洞里萨河身上也是如此）也同样发生在我们的船长身上了吗？没有界标，只有无边的水域，但船只肯定配备有指南针。太阳捶打。我的头阵阵作痛。湖面波澜不惊，除了我们的尾波一圈圈散去的涟漪之外什么都没有。渐渐地，越来越多的乘客开始意识到发生了什么，绝望开始曼延，一个人拍了拍我的肩膀，沙哑地低声说道："我们在划圈圈。"我点了点头，拍了拍圈圈的肩膀。

"我们在划圈圈。"我说。

终于，另外一条船——我们的同伴，我们的姐妹船——折回来带领我们到达了暹粒，五天后我们离开了那里。坐船回金边的念头想都不敢想，因此我们决定去马德望，据说它是"殖民地气氛浓烈的美丽的河边小镇"。我们以为的士会从红木宾馆直接载我们到船上，但是的士却是一辆小卡车，接完所有客人后，我们十二个人挤在后座，前座坐了四个，再加上司机。我们走在驶离暹粒的公路上，这条路就像柬埔寨所有的路一样：越走越糟糕。日头来了，不顾一切地沸腾着，不早不晚。小卡车蹒跚而行，遇到路上的车辙和洞坑便一跃而起，这条路勉强可以称之为路。

一个骑自行车的男孩向我们靠近挥手，他晃了晃，终于失去了平衡，车上的货物摔到了地上，原来是两大筐小银鱼。他既不生气，也不抱怨，把它们捡了起来，铲回到竹筐里。我们前面是一辆摩托车，车后座放着一个很大的密封的篮子——有两个大帆布包那么大。每次摩托车颠簸时，这个篮子都会发出小猪尖叫般恐怖的声音。我们走近之后才明白原因：篮子里挤着十几只小猪。它们的条件如此凄惨，它们的待遇如此恶劣，它们的尖叫如此失控，此时此刻，你很难想象在地球上的任何一个地方还会存在比它们更悲惨的生命了。它们的处境是动物权益保护者的论点的终极证言，同时也是对他们的批评。我从来没见过被如此虐待的动物，但是在这样一个国家，它的人民经历了所能经历的最坏的一切，谁又会在乎小猪呢？尤其是当我们的目的地越来越近时：它是越南的水上村庄。我们吃力地爬出小卡车，换到小船上，它们将载我们到临时码头——像其他东西一样，漂浮着——从这里我们将驶向不同的目的地：马德望，金边，或是无论哪里。

所有到发展中国家的游客，假如他们诚实的话，就会承认他们其实特别想看看贫民区：人们生活在垃圾堆上，棚屋小镇，诸如此类。我们在印度遇见过一个瑞典人，他去过孟买最差的贫民窟之一。为了得到他的同情和金钱，一位乞讨的女人把她的死婴塞到他的面前。我们一行大约有六个人在听这个故事；我们都吓坏了，而且我觉得，同时还妒火中烧。越南水上村庄可能没有那么差，但它也是污秽不堪的：一堆里面几乎是空的破旧的茅草屋，漂浮在棕褐色的水汤里。它们仿佛不是在漂浮，而是在沉没。处处都是杂物——塑料瓶、废纸、罐头瓶、蔬菜垃圾——在水面上下起伏。水很脏，但小块小块的黏液和软泥凝固成了浓缩的极脏的卫星城。我紧闭着嘴，生怕这浩瀚的污水坑里溅出一滴，进入我的嘴里。而这里的居民——微笑，开心，挥手——用耀眼的红色天竺葵装饰他们的阳台，又用恶臭的水给孩子洗澡，用恶臭的水洗衣服。假如卡车上的一位乘客要被迫留在这里，他们——我们——很可能一个月内就会死掉，也许一周之内。

我们停在一个茅草屋附近，它相当于往返马德望的水上终点站。船似乎不像我们前一天买的船票上画的那个模样；甚至不像能工作的船。它们似乎只剩下了外皮，其他有用的零件都被洗劫一空。这就是我们的船，而且登船的人数远远超出了安全许可。船满了之后还有一些人挤了上来，帆布包堆放在窄小的空地。我们坐下，等待。我们等的时间太久，我想小便。我不知道怎么办：在船边上撒尿？人们会介意吗？会不会有在某人的花园里撒尿的感觉？或者是他们的客厅？我们等呀等呀。我的膀胱压力很大。我不知道怎么办。然后我知道了。离我们的船不到一英尺的地方，一大坨粪便在水面上浮动，它像是一块大玉米壳。我不想看它，但却忍不住要看。在这样一个腹泻和霍乱的环境，这块大便的结实度和大尺寸真是令人惊叹的成就——说明了人适应环境的能力有多强。那真是个可怕的东西，但它解决了我在哪里撒尿的问题。我站在船舷上面，众目睽睽之下，我注意保持平衡，为把一个臭气熏天的地方变得更加危险而作出了一份贡献。

这就是我们如何到达和离开暹粒的过程，但是关于吴哥城呢？关于圣剑寺、巴戎寺、塔普伦寺的奇景呢？我会给你们看看我拍的照片，可是一张都没有。我连相机都没有。圈圈有一个相机，她拍了一些照片，不过说实在的，它们不值得用柯达相纸洗出来。圈圈知道很多事，她会弹钢琴，会拉小提琴，但她对拍照一无所知，连最基础的都不懂，还没有我知道的多。她总是逆光拍摄。她的原理很简单。

“我看到喜欢的东西，就会拍下来。”

“不管光线，不管太阳在哪里？”

“是的。”

“也不管你想拍的那东西有多远？”

“是的。”

“所以你的作品里反复出现的主题是：昏暗的剪影，从哪个角度来说都没有价值的画面。”

圈圈不顾这些令人泄气的嘲讽，还是在吴哥拍了一些照片，主要是我的照片：树须如烛油般滴落在塔普伦寺的墙根下，我的形象模糊一片，我对着巴戎寺的石佛像眨着眼，我在圣剑寺过度曝光像一个白化病人。没有一张照片值得多看两眼，多数照片不值得多看一眼。圈圈责怪我说是因为我态度不好，这也不无道理。我一见她拿出相机，就会说风凉话，“伊芙·阿诺德[①]在拍作业片了”，或是“啊，我看见那个不确定的瞬间再次降临到我们身上”。其实这样的瞬间也是不多见的。圈圈比我本人拍照要多，但是和我们同行的游客相比，我讥讽她道：“拍照水平远远不及格。”在这些旅行摄影家的眼里，我们因此成了二等公民。拍照的人在所有最佳位置拥有无可置疑的优先权。你简直没有权利待在那些标志性的景点，除非你在拍照。我们是游客中最低的那一等：无权观看的人。我们经常要等整个旅游团拍完照

① 伊芙·阿诺德（Eve Arnold，1912—2012），是和卡帕同一个时代的女摄影师，因为给玛丽莲·梦露拍摄私影而在业界出名。

后，才能走过去，坐下，看一看。从某种程度上说，因为我们没有在吴哥城拍照，可以说我们并没有去过那里。

我们没有那些照片或者说只有几张照片作为证据，但我们确实是去过那里的。第一天，我们严格按照旅行指南上所说的到处走。我们在清晨参观巴戎寺，又去了其他地方，回到暹粒睡了午觉，下午返回吴哥，爬上眺望吴哥窟的巴肯山看日落。

看日落对观光客来说是很重的负担。一个景点有"观看日落之地"的美誉，你便不得不去那里。巴肯山就是这样一个地方。这是一次艰难的旅行，我们沿着陡坡吃力地攀爬，幸好我的Tevas——我以前在新奥尔良买的运动凉鞋——担当了大任。我一边爬着那艰难的山坡，一边想着要写一封信给Teva公司，向他们推荐几条广告语，"Tevas能担当"是其中之一。也许只有这一条。

我们到达山顶时，这里被挤爆了，像是在等着一个派对开始。我们期待看见一个DJ，一些碟盒和一排排的扬声器。这里有几百甚至上千人，他们等的并不是派对——他们等的是日落。日本人倾巢而出。每个人——包括我们——都在喷洒或是涂抹驱虫剂；蚊子也倾巢而出了。严肃的摄影师都备有三脚架。一个这样的摄影师转头对他的妻子说："还有十五分钟。"仿佛他们是美国国家航空航天局地面指挥中心的同事。其他的人都在等，等日落。除了几个非常重要的细节不同之外，这个场景让我们想起印度的亨皮，我们也曾成群结队地去那里看日落。佩索阿[①]是对的：没有必要去君士坦丁堡看日落，全世界的日落都一样。但你还是会这么做。你去君士坦丁堡或是巴肯山或是其他任何地方，你在那里拍日落。旅行时去看日落让这一天有了目标和意义，否则会很空虚。不过，很少有比等日落更傻的事了。等日落变成了一种被悬置的运动。无所事事，什么也不做，被提升到了带有某种极强目的性的水平。等待本身变成了一种持续的努力。你等着它来，其实它早晚都会来的，或者不来。弗兰克·奥哈拉[②]是对的："太阳不一定会落山，有时候它只是消失了。"它什么时候会屈尊落山

---

① 费尔南多·佩索阿（Fernando Pessoa，1888—1935），葡萄牙诗人。

② 弗兰克·奥哈拉（Frank O'Hara，1926—1966），美国著名诗人，其诗采用口语及开放式的结构，即兴、反理性，在幽默机智中又有荒诞感、梦幻感，突出地表现了诗人的个性，开创了反文雅反高贵的诗风，影响很大。

呢？奥登[1]说得对：

> 歌德简洁地说：
> 没有人有心去看
> 那最可爱的日落
> 在那一刻钟之后。

如果还有其他事可做，如果不仅是盯着日落，那还凑合。我说得对。

“朝落日方向跑对你的眼睛有害。”等日落的时候我对圈圈说道。她说：“至少你不仅仅是盯着它，至少你在跑。我就是这么看我的落日的。我也喜欢家乡的落日，十一月份在艾克街和兰贝斯市政厅的落日，那些我着急回家的路上匆忙一瞥的落日——其实那时候我一般已经到家了，正收看《家有芳邻》[2]的结尾，等待六点新闻。”

我们对等待日落的看法可能有些灰暗，但那就是我们每天晚上在吴哥城所做的事。到了第四天，我们看完

---

① 奥登（W. H. Auden，1907—1973），英国诗人，1922年始写诗，1925年入牛津大学，渐获诗人和哲人的声誉，他是继T. S. 艾略特之后最重要的诗人之一。

② 20世纪80年代末澳大利亚热播电视剧。

了所有的日落与日出，我们看完了所有我们想要看的，只有吴哥窟东边离得有点远的比粒寺还没有去。多数东西我们都看了两遍，但我们只是偶然间路过比粒寺一次，我们坐在两辆摩的后座上，车子载着我们从巴戎寺去塔普伦寺时迷了路（像伦敦的出租车从白金汉宫去大笨钟时迷了路一样可笑）。我一度十分恐慌，甚至以为他们想要绑架我们——不，他们只不过是迷路了，以友好的柬埔寨方式。

最后一天我们回到了比粒寺，就在我们坐船去马德望的头一天。这三天以来，我们看了太多的寺庙，我很难说出这座庙与另一座庙有什么显著的不同，而且每座庙都比邻而建，看上去一模一样。我们被寺庙弄晕了。我们昏了头。循环往复。吴哥城吞噬了我们，就像丛林把塔普伦寺吞没了一样。这种体验过于厚重——那些上百万的我视而不见的雕像——让这种体验过于复杂。我们被一种庞大感压得透不过气来，而且这里的气温通常达到摄氏一千度，天气湿得像一口老潭。

我们刚要开始爬比粒寺的台阶，就看见一些孩子跑过来，希望我们买他们的可乐。一个宽脸女孩的眉毛上有一个问号形状的疤痕，她跑得比谁都快。碰巧我想买可乐。任何一个去过东南亚的游客都会告诉你，你真想要一件小贩正在极力兜售的东西时——这样的时候是需要被珍惜的，百分之九十九的情况是你根本不想要的，要不就是毫无用处的东西，要不就是你已经被迫买了六件这样毫无用处的东西；但是也有一些罕见的时候，就是他们卖的正是你想要买的——这对大家来说都是开心一刻。这次是她正在卖可乐，而我想要一瓶可乐。说得更确切些，我想要半瓶可乐，可乐在第四口之后总会变得恶心，无论前四口多么令你享受。圈圈对可乐的看法是一样的，有时候两口可乐对她来说就够了；所以，站在我们的立场上说，我是很乐意从第一个跑向我们的女孩那里买一罐可乐的。

我正要拿起那罐可乐时，另一个小贩过来了。他是一个十二岁左右的男孩，拄着双拐，一条腿从膝盖以下被截肢了。这条就是他的坏腿吧，我们这样想。然后我们就看见了他的另外一条腿——那条好腿——其实是一条木腿；换句话说，那真是一条糟糕的腿，根本算不上是一条腿。我们在柬埔寨的时候，见过许多没有腿的孩子，但这个男孩深深地打动了我们，仿佛柬埔寨那被毁坏的却又无比坚韧的精神突然出现在我们面前。他有可爱的笑容。在一个充满可爱笑容的国度，在一个无论在如何悲惨的情况下都能保持笑容的国度，在一个笑容既意味着对历史的拒绝又意味着对历史的胜利的国度，这男孩的笑容是不可思议的。他有着浅褐色的皮肤、纤细的胳膊和深色的头发。他穿着褪了色的蓝色T恤，显得很完美，T恤穿在男孩和姑娘身上总会是那种效果，也就是说不管图案是什么，穿在他们身上就很棒（耐克的标志就是很好的例子）。

我改变了主意。我把女孩的可乐放回到塑料桶里闪光的冰块中间，从男孩那儿买了一罐。我惠顾了他人，改变了忠诚，彻底背叛了这个女孩。我们喝可乐时，男孩跟着我们，后面还跟着那个女孩，她手里拿着我放回到桶里的那罐可乐。他在微笑，而她没有。她对这种挖墙脚的行为愤愤不平。她一直要求我们从她那里买可乐，可是我们已经坐了下来，心满意足地分享了一罐可乐，我们可不想再买一罐。她开始用柬埔寨语咒骂我们。我们听不懂她在说什么，但不用听懂也知道她是在骂我们。这是我们第一次有了类似于某种被称之为“亚洲的残酷性”的体验，即便它只不过是对不买她可乐的小气鬼的谩骂。突然间，她改变了策略，抽抽搭搭地哭了起来。她还挤出了几滴眼泪。我们反而笑了，她又转而谩骂我们。我们让那男孩帮我们翻译。

“她想让你们买她的可乐。”他说。

“这是她的原话吗？”

“是的，她希望你们买她的可乐。你们买了我的，没有买她的，她非常生气。”

“你们买我的可乐。”她用英语说。

我摇了摇头。

那瓶有争议的可乐立在阳光下，变得热腾腾的，更无法引起食欲。

“你们从我这里买可乐。”

我摇了摇头。

“你们买我的可乐。”她大叫。

我摇了摇头。可以说我们都卷入到了一场意志的较量之中，我的意志变得可怕的冷酷。我的灵魂如同注入了钢铁。我绝对不会让步。

“你们从我这里买一罐可乐。”

我摇了摇头。

她又开始抽抽搭搭地哭了。我大笑，她又转而谩骂我们。这时，那个男孩，那个我们买了他可乐的男孩，带着一种百岁老人对命运的顺从态度，给我们讲起了他如何失去腿的故事。他到田里去找睡着了的奶牛，踩到了地雷。这是很典型的故事，来柬埔寨之前我们无数次听到大同小异的故事，但是都没有这个故事强烈地震撼到我们。不过，这个事故究竟是什么时候的事，还有些混乱。

“七年以前。”他说。

“你失去双腿的时候是多大呢？”

“十岁。”

“那是多少年以前?”

“七年。”这说不通。我们算不出来他是十岁还是七岁时失去的腿。我们又问了一遍，还是得到同样的数字。他十岁时失去了腿，七年以前。

“那你现在多大呢?”圈圈问道。他可能十岁，或者十二岁，最多十三岁。

“十七岁。”他说。他是一个可爱的男孩，看起来十二岁的样子，但他十七岁了。他失去了双腿，我们买了他的可乐，而没有买那个不停地谩骂我们的女孩的可乐。她捡起那罐可乐，像是想要扔向我们，也许是想用它打我们。她重重地把它放在了地上。

“你们从我这里买可乐!”她坚持说。此时她的饮料已经完全卖不出去了：它热得滚烫，可能要爆炸。谁要是打开它，热可乐准会溅他一身，下一秒钟蚂蚁和昆虫的大军就会被甜甜的液体吸引而至。反正我们是对她铁了心。我们本可以从她那里买一罐可乐，解决这个困境，但我们就是不想从她那里买一罐可乐。我们的决心是如此坚定，我们是如此不可动摇。我们被代表整个国家的苦难的那个男孩所打动，我们却不打算减轻那个一会儿哭泣一会儿谩骂的女孩的痛苦。在我们的眼里，如果说那个男孩是柬埔寨的化身，那么在她的眼里，我们就是西方世界所有反复无常的力量与财富的化身。她想要我们买一罐可乐——不是椰子，不是某种土特产，而是得到美国许可的产品——而我们就是不肯从她那里买一罐可乐。事情就是如此简单。这种不公正简直是无懈可击。

她又转而抽泣起来，但不管是抽泣还是谩骂，我们都无动于衷了。她的执着也是徒然的。我过去也曾体验过这种奇怪的感觉，一种时间上的僵持或者说是扭曲。其实我多么希望我从她那里买了可乐，但一切都为时已晚，尽管我们还有时间去弥补。假如真有业和转世之说，我肯定会投胎成那个我们没有买她可乐的抽泣着的愤怒的女孩，而不会投胎为那个我们买了可乐的无腿男孩。也许我会投胎成那罐可乐：被重重地放在地上，滚烫的，没人想要的，即将要爆炸的。最有可能的是，此种循环是完整的，而我——正如尼采所言——将重生为自己，重复同样的场景，重复同样的错误，重复那导致错误的一切经历，永无止境地，永劫回归。

我们站起身走了。

我们走下寺庙的台阶时，听见我们买了可乐的那个男孩在叫我们，与我们道别。

“谢谢你，先生。”他说道，“祝你好运，先生。祝你幸福，先生。”我回头望去。他平衡了一下双拐，一条残肢在半空中晃荡，艳阳之下，他的剪影正在挥手与我们告别。

无边的边界

噢，乌布[1]，可爱的、乏味的乌布！它那么可爱，只是我们在那里逗留的时间太久，实在是太久了，我们被太多的空闲时间弄得有些意志消沉了。大部分时间我们都是在姆拿度假酒店里消磨掉的，它地处小镇中心的西部，我在乒乓球上击败了酒店的每一位员工。酒店的员工——八个十几岁的少年——白天游手好闲，无所事事，晚上则挤在电视机前观看节目。我大步流星地走进前台，做出打乒乓球的手势——咧嘴乐，模拟反手和正手击球——他们马上就行动起来，推出乒乓球桌，轮流被他们最喜爱的客人打败，而他（除了他的女朋友之

① 乌布（Ubud），印度尼西亚巴厘岛上的一个小镇，是岛上的艺术文化中心之一。

外）正是他们唯一的客人。是的，我打败了他们所有人，除了马迪，酒店老板。我和他在“姆拿公开赛”的决赛中相遇了。局势并不明朗，但我因为求胜心切，最终败北了。我时而过于谨慎地防守，时而过于疯狂地大举进攻。我可以信赖的（矮子中拔将军）正手抽杀狠狠地辜负了我，我只有在稍微领先，有自信心，或是五六分领先稳操胜券的时候，才能轻松自如地发起进攻。然而这局比赛我开场失利，稍微落后，五六分落后，可谓“稳操负券”。我丢了这一局，这时我就知道我肯定要输了，因为我求胜心切，尽管仅凭我纯粹的意志力甚至以2比2打平过。圈圈在旁边观战，这让我越发求胜心切，我越想赢，我就越接近最终的败局。第一局开始我的正手进攻就变形了，一切都不对劲，我马上感觉到无形的压力。偶尔我会打出惊人的漂亮的一球，但更多的时候我的球要么下网要么出界，渐渐地，我们的比分拉开了，于是我只求回球能安全过网不出界，并寄希望于马迪失误——他极少失误，局势让他足够自信，他用随心所欲的扣球来惩罚我越来越胆小的球风。

这些乒乓球赛让我们的乌布之行有了某种意义，否则不知道为什么要待在那里。它是迷人的小镇，但它的旅游业被过度开发，虽然我们到达时游客屈指可数。印度尼西亚其他地方的政局动荡意味着：即使在旅游黄金季，酒店也是门庭冷落，客人可以狠狠地杀价，这不啻为一种经济制裁。乌布是世界上小型精品酒店最集中的地区，然而就算是大多数小酒店都空着，仍有更多的小酒店正在建设中。（“他们还是在建!”圈圈吃惊而又佩服地说。）这些小酒店和兜售纱笼及“坐车”的小贩让你寸步难行。我们每次外出都被十几个兜售住宿、纱笼和“坐车”的人围困了。这是买方市场，根本没有人买东西。有些游客被“坐车?”这个无处不在的提问激怒了——更被它所提供的低级服务所激怒——那么让我们重新看一看它吧。他们一边说着：“坐车?”一边抬拳至胸，拳头上下轻轻转动，好像握着一个看不见的方向盘，我们觉得这是巴厘岛人打招呼的方式：“嗨，你好吗?”——用卖东西的形式问好。

我们很少需要坐车，我们更喜欢在各种精品小酒店、客栈、民居边上的稻田里散步，我们在美丽的乏味的乌布消磨掉的那些漫长时光，就是住在这些地方。

稻田是这样地绿意盎然。不仅仅是田地本身，包括周围的植被——树叶是如此浓密交错，分不清是长在哪棵树上——组成了一种单一颜色的彩虹：绿色。一望无际的碧绿，点缀着红色的芙蓉花和飘过的白鹭，那白鹭如此洁白而巨大，就像晾在户外的床单突然展翅飞翔。所有别的颜色——即便是紫色和黑色——都不过是绿色的阴影。阳光与阴影是绿色的不同色度。绿色在这里不再是颜色，而是一种扩张的脉动。每样东西或者已经被染成了绿色——比如说蛇，像镜面一样闪亮，悄然滑过小径——或者正在被染成绿色。佛像长满苔藓，穿着绿衣。石头变成了植物，没有生命的物体变成了有机物。“毁灭所有的生物/化为绿色阴影下的绿色思绪？”[①]不，思绪本身也已经被毁灭了。它是纯粹感官上的绿，不可能更无法想象能产生任何思绪。

无论附属植被有多么绿，最明亮的绿色还是来自稻田。水稻要想长大成熟，必须被最茂密、最葱绿的植物所环绕，稻田也就必须要达到那种极致的绿，当然这也只有它才能达到。只可能有一个王者。相对而言，只有稻田是那种真正的绿。只有稻田在绿意中吟唱。

我们注意到的就是这绿：那绿意，那万物生长的迷人力量，万物是多么迫切地想要生长，全心全意地生长，纯粹是为了生长本身的乐趣。

“树木的存在感完全在于生长。”有一次散步时，圈圈这样说道。

“我不同意。”

---

① 诗句出自英国诗人安德鲁·马维尔的诗歌《花园》。安德鲁·马维尔（Andrew Marvell，1621—1678），英国玄学派诗人。

“我也是。”

“在风中摇动树叶，给小鸟提供栖枝，让天空包裹住它，让人去攀爬，这些都是树木存在感的方方面面。”

“还有别的，我觉得。”

“被观赏，为旅游业尽一点本分。”我看着圈圈。我想我已经说完了。我才意识到她还留了一手——但我没想到那是句法语。

“‘树木’，”她说，“‘总是在中间，被……环绕……’[1]猜猜是谁说的？”

“我在波德莱尔和约翰尼·哈里戴[2]之间摇摆不定。”

“很有趣。”

“但我打算选里尔克。”我高兴地发现她露出了落败后的钦佩之情。

我们走在稻田里进行这番交谈，我们相互较劲，又想帮助对方。风景充满勃勃生机，仿佛野蛮生长，但它全然不是野生的——有人在精心照料它。田边貌似无序的树木在生态系统中扮演了自己的角色。没有任何一种是纯装饰性的，但那极度铺张的装饰感——像树木本身

① 原文为法语。

② 约翰尼·哈里戴（Johnny Hallyday，1943—2017），法国摇滚乐教父。

一样巨大的树叶——在我们看来，模糊了它们的本色。风景不可避免会给人如此的印象。多么和谐，好像是自然生长的。几何形状的梯田整齐排列，景色仿佛正在自主地绘制地图。

“在早期，水稻的绿嫩芽按照镜子里自己的样子生长，”我说，“实际上，它们都有被照顾得很细致的一块天空。”

“抱歉，我刚才没有听。”

“我说：‘昆虫不断地冒泡或是上岸，水汪汪的稻田看起来像是被雨水打成了筛子。即使是在晴天。这造成了一种感觉，镜子的反射功能产生了很大的滞后；要么就是——反正最后是同样的结果——一种相应的预言能力。镜子最终消失了，但那时水稻——’”

“已经吸收了天空反射的水——”

“‘变成了它本身理想的化身。’正是如此。”

“你刚才说的根本不是这样的话。”

没有路标，在稻田里是很难行走的。我们很难确定什么时候散步会变成“擅自进入他人领地”，观赏会变成入侵。回到帕德玛英达酒店（我们从姆拿度假酒店搬出后就住进了这家），我回想起我们散步时，注意力全都在脚下的路，所以我们并没有真正看到多少风景。

“不过，”圈圈（之前的一次散步中，她在一个排水沟里滑倒了，轻微地崴伤了脚）说："在田里散步总比在田里干活要强。"

"是啊，"我说，"最好就是看看，欣赏风景。"

我们在巴厘岛和龙目岛看了很多这样的风景。最简陋的乡村茅舍（不是说我们搬进姆拿酒店前一晚住的哇卡迪乌酒店条件简陋：圈圈十分聪明地把我们的房间从标准间升级到了豪华别墅）也被这样的风景补偿和升华了。任何一个房主都知道游客想要什么：看得见风景的房间。决定在哇卡迪乌度过一个奢靡之夜之前，决定搬进姆拿那乒乓球的神殿之前，我们考察过各种住所。掀开百叶窗，一片耀眼的绿色闯进眼帘，房主会微笑着说："多好的风景。"不过它给人的感觉总是一种外来的概念，是与游客打交道后才熟悉起来的某种东西。圈圈说，他们知道这个词，但是他们无法分享这个词背后的精神向度，这种向度让我们——圈圈、我，还有大批已经结队离开的其他游客——得以从"风景"的角度去思考。

"否则，"她接着说，"他们怎么会随处乱丢垃圾呢？乱丢垃圾和欣赏风景是互相排斥的呀。"

"你太熟悉一样东西时，往往会对它视而不见。"我说。此时我们坐了下来，欣赏风景，完全不会对它视而不见。不远的几码处是一个细长的风能驱鸟器。我们决定把它照搬到黑岩城的沙漠里，作为一种原始主义的雕塑。但是圈圈没有带相机，我带了笔记本，却没有钢笔或铅笔，我们努力想靠记忆力重建它的构造、它的组成……不幸的是我们不记得它是怎么做的，不用说在黑岩城我们没有造成它——或是和它相似的任何东西。考查完驱鸟器后，我们有时间去沉思散步途中学到的一些基本知识。

“风景，严格地说，是闲暇与劳动分离后的产物。”我说。我不知道自己的表述是否准确——它是我即兴的思考——不管怎样，我还是说下去，“所以，风景，实际上是因为风景之中有辛苦劳作的人，努力建造和保持风景的人，而变得更像风景——甚至可以说没有他们，就没有风景。就像《恋恋山城》[①]或是《甘泉玛侬》[②]里的场景，杰拉尔·德帕迪约[③]问一个农民他是否喜欢那片风景，这个农民不知道他在说什么。只有当你是这景色的陌生人时，你才会把它当成风景来看。风景的概

---

① 法国导演克洛德·贝里于1985年执导的电影，根据小说《山泉》改编，影片原名为《弗洛莱特的若望》，由伊夫·蒙当、德帕迪约、达尼艾尔·奥德耶主演。影片通过描写法国南部山村农民的生活表现出人对自然及人本身的一种抗争。

② 《恋恋山城》的续集，法国导演克洛德·贝里于1986年执导的电影。

③ 法国国宝级演员，代表作有《大鼻子情圣》等。

念——或者说前景——曾是一小撮统治精英的特权，后来变成了资产阶级的权利；如今旅行已经很广泛了，每个人都可以看风景——除了那些被雇用来保持风景的人。”

“说到这里，”圈圈说，“你看风景的这个地方经常会限制你正在看的那些人正在看的风景。”

我们向后靠去，欣赏风景。姑且这么说吧。坐着看了几分钟后，我又和圈圈聊了几句，不妨转述我对圈圈说的话，这样会更准确。

“我看见了风景，”我说，“我观看了风景，但我并不能投入到观看这个行为当中。”

“这就是稻田的立约，”圈圈说，“你没有为它劳动，分离就是你付出的代价。”

“我在看其他景色时也有同感，”我说，“比如在远眺大峡谷时。”

“也许分离是更本质的，”圈圈说，“都市人——至少包括你吧——从大自然隔离后的异化。”

“只有在我嗑了药的时候，”我说，“才能感觉到自己是风景的一部分，只有当我像一只乌或一棵树一样看风景，才能欣赏风景——当然，在那个特定的时刻，风景不再是风景了。”

为了消除观景者与风景的分离，我们尝试过很多努力。最好的例子便是漫溢的池塘，它已经成为巴厘岛高级度假村的标志，比如山妍露台度假村，我们从中途流产的罗威那海滩之旅回到乌布后，曾住在这里。罗威那海滩之旅是我们和一位来自慕尼黑的朋友格里高一起去的，我们是在离老挝琅勃拉邦不远的考安西瀑布认识他的。池水漫过池边，流进环绕的水渠，从那里又被注回到主池塘。你跳进池里，水漫了出来，越过了边界。你在池中浮游，水流倾泻，似乎没有什么能把你和峡谷、河谷以及稻田组成的风景分离了。距离、空间，都被消解了。

我们坐在山妍露台度假村漫溢的池塘里，我的眼前所见让我想起我记忆中的场景——考安西瀑布——想到它，我便意识到有一样事情其实是那么显而易见：无边的池塘是人工的，一种模仿瀑布效果的建筑，正如考安西瀑布（在这里我们遇到了格里高）的效果。

从下面望去，瀑布从悬崖上翻腾滚落，水势湍急，震耳欲聋，但你可以安全地坐在瀑布口，四溅的水花温柔地落在边上，你绝对不会被水流带走。我们曾经去过一些瀑布——可怜的小便一样的细流——所以我们去考安西瀑布时，是有些心不在焉的。水流涌入绿松石色的池塘。垂直的水流背后有一块岩石，黏滑的山洞可以坐人，你像原始人一样坐在里面，透过水墙眺望高度进化的现代人。这些人中的一位——留着多发辫雷鬼头的以色列人——爬进了一个山洞，然后就不见了。透过水帘，我们看见他穿着Teva鞋的脚在山洞边上黏滑的岩石上攀爬。我们盼着再见到他，但是没有。

坐在这个瀑布边挺好：值得一去，然而我们的评价本也就到此为止了。然后我们听说上面还有一层，涌向我们的水流就是从上面流下来的。我们沿着通向瀑布一边的艰难小路爬着，瀑布浓重的影子被金黄的阳光打上了斑点，我们手脚并用，紧紧地抓住树根。路上撞见了一位剃了光头的澳大利亚人和格里高（他也剃了光头），后来我们和格里高成了朋友。这是一次困难的攀登，但我当然穿着我那可靠的Tevas。我的Tevas担当了大任。几个月以来我天天都穿着它们。我和我的Tevas已经"鞋人合一"了。

瀑布顶上的风景是我毕生从未见过的。天空是高海拔的蓝色，山峦被密不透风的原始森林所覆盖。从池塘里可以看见这些——在更高层的瀑布口——它又是下一层瀑布的源头，我们就是从下一层爬上来的。距离感消失了：每样东西都近在眼前，又远在天边。我没有认真读过海德格尔[①]，但格里高说我们正在体验—— 一种类

① 海德格尔（Martin Heidegger，1889—1976），德国存在主义哲学家。

似于海德格尔对思想的定义的东西——“距离上的无限接近”，我相信格里高所言。景致在此点上聚集交汇，又从此点上无限延伸。它就像是世界的透明眼球。我们坐在那广阔漫溢的池塘里，眺望那无边的边界。风景既广大又微小。我们坐在池塘里，但我们不是在观赏风景；我们就是我们看见的万物的一分子。

如果没有前些天的一场乒乓球赛，我们的考安西瀑布之旅就解释不清。那是我在琅勃拉邦的第二场比赛，我们在我对手的热带花园里打了很久。空气如此潮湿，一分钟后我就被汗水打湿了。最终我以21比19的比分战胜了对手，这场七局的赛事充满了不同球风的碰撞(英式进攻对东方式的兵不厌诈)。我知道我后背的一块肌肉拉伤了（很可能是因为我的T恤湿透了），但我坚持打下去。第二天我的后背痛得厉害，不得不去找盲人按摩师，他把手指深深地插进我的后背，就像马上要从深处拽出一块血淋淋的肿瘤似的。总之，我的背更痛了。我们向瀑布蹒跚而行的每一步都扯动着我的后背。

我们交往的过程中，我时常告诉圈圈我喜欢从很高的地方跳进深水里。现在我就在瀑布边上，我有机会跳水了，但我不能冒这个险，撞击力加上冷水无疑会将我的肌肉送入更深的痉挛，很容易导致神经痛或是椎间盘突出。

很多年前在加勒比海，我和几个朋友乘船从安圭拉岛到宽边帽岛，那是海中央的一块大岩石岛。这个岩石岛上除了鸟粪和灯塔以外什么也没有，每隔两周会有一条船带着供给和灯塔的新值班员——也许正确的词应该是“全体船员”或“小组”——驶到这里。我们到宽边帽岛之后，走了半里路就走到岛的另一头，那里有一个小水湾。海水通过一条十英尺左右的窄缝进入到这个小水湾，然后拓展为一个圆圈，能称得上是池塘了。你可以从悬崖上跳下去——像市政湖高处跳水板那么高——跳进深水里。游过岩石里的小缝，你就会进入一片深蓝色水面。水域有鲨鱼出没，虽然我担心鲨鱼，但我很开心能从岩石跳进池塘。一开始，我们小心翼翼，一寸一寸向边缘试探着。后来我们开始大力起跳，双人跳，手拉着手，我们的腿和手在空中摇摆，像马术表演中的牛仔一样兴奋地大叫。我喜欢从岩石上跳下去，我也喜欢潜水，一边看着人们猛地扎进蓝色水面，激起一片白色的水花。我在岩石中的那条窄缝游进游出了好几次，游向那深邃的世界。四面望去，唯见蓝色的海水。海水美极了，但是你感觉到它深不见底，让你不由得害怕。我们在海里，海里有鲨鱼。我一想到有鲨鱼，就向深处接着游去，因为它如此之美，我又游了出来。我又向深处游去，看着其他人都从岩石上跳了下来，我重新爬上去，独自一人跳了下来。

在考安西瀑布跳水比在宽边帽岛需要更大的胆量，因为它的下面有一块突出的六英尺长的岩石，要跳得尽量远才能绕开它。危险是真实存在的，但很微小；危险是很微小的，但真实存在。假如你撞上了那块岩石，麻烦就大了。但是绕过那块岩石，跳进池塘的深水里是相对容易的，池水漫过了无边的边界，形成了瀑布，落入下面一层的池塘，而我们才从那个池塘里爬上来。光头的澳大利亚人和格里高都跳下了，但我没有。格里高甚至做了一个更大胆的跳跃，从池边一棵摇摇欲坠的泰山树上跳下，我当然不会这么做。我根本没有跳：我浑身酸痛地向池塘深处滑动。他们比我年轻，格里高和那个光头澳大利亚人，比我年轻二十岁，是我岁数的一半，也差不多是我在宽边帽岛跳进蓝色水面的那个年纪，那个下午。二十年后，我感觉到自己不是本身的年纪，我感觉到两倍的衰老，我感觉像一个老人。你要想感觉像个男人，某种阳刚气是非常重要的。你要能表演特技。你要能在你的女人面前卖弄，做一些危险的她不让你做的事。我爱跳水，我爱卖弄，但我不能跳，打乒乓时我拉伤了后背的一块肌肉，我更爱打乒乓。我渴望跳水，但我不能跳，我和圈圈沿着黏滑的岩石挪动，我们坐在冰冷的池塘里，被一片风景包围住，它让人相信，即使在这样的时代，世界仍可能是一块蛮荒之地，广大，无法绘制，充满奇迹：一个伊甸园，它的广袤确保了不会有人被逐出伊甸园。

从这个无边的边界上，我们能看见下面池中的人们，躺在岩石上的，游泳的，很多人并没有发现上面有人。有一个人发现了，他就是那个扎雷鬼辫的以色列人，我们最后一次看见他时，他正吃力地爬进下面的那个山洞。他从我们左边的几块岩石里又冒了出来，用他凉鞋的鞋带把自己吊到上一层。仿佛上面有一个神。只是我们知道有人爬到了上一层，十之八九正在从另一个更高的无边的边界看着我们。关于奥林匹斯山的神，你会忍不住得出一个结论，那就是他们也有他们的神。尽管他们全知全能，但他们肯定也会感觉到在奥林匹斯山之上还高耸着一层超高地带，他们的来来往往被诙谐地施虐式地冷眼旁观；他们也不过是玩物，是宇宙的网球，被拍来挡去。而且，神们也输了乒乓球比赛，他们在关键的比分上激动地哽咽，后背疼痛难耐，还被成千上万种病痛折磨——拉伤的肌肉，扭伤的脚踝，感冒——都是人所难免的。

瀑布引发的关于存在之链的思考，从另一种角度也说得通。尼采说世上可能并没有神；假如有神的话，尼采怎么能忍受自己不是那个神。然而在无边的边界，我想，你可以是一个神，但这并没有什么不同；你甚至都不知道你是神。

几个月后我们到山妍露台度假村时，我的后背完全好了。我恢复了阳刚之气，不再感觉自己是体弱多病的老年人，或是后背受伤的老年神。我和格里高发明了一个游戏。我们站在池塘边，来回扔一个网球，我们站在有水漫过的池边，要轮流接住球。这是一种新游戏，让竞争变成了某种合作。最重要的是，不要丢球，不要脱手，不要打空。假如你扔过去而对方没有接住的话，你们都输了。你们要么都赢要么都输。这意味着扔球的人要非常准确。假如扔球人扔的球太容易接住，接球者又会感到无趣。接球者想接住了不起的球。我们把球扔来扔去，难度越来越大，有时候直接扔到他的脸上或者到了他能接住的极限。你接球的时候要确保不要向后倒去，尤其是当你在无边的边界时。我们悄无声息地做这个游戏，别的度假者或是游泳者就不会抱怨。事实上，我觉得他们很喜欢看我们。他们的头像温布尔登网球赛的观众一样左右转动。我们成了风景的一部分。当然，圈圈在看我们。她的男人不是一个后背受伤的老人，他是一个喜欢卖弄的男子汉，他的后背上有一块不吉利的扭伤的肌肉，但他镇定自若。

我一有机会就会单手接球，再把它使劲扔回去。我是想让对方差一点就接不住球，差一点就摔倒在无边的边界上。格里高的背后是峡谷，他大叫着把球扔回给我。它啪地落在了我的右手。球像这样稳稳地落在手掌，让人感到极大的快意。我用左手拼命地把球扔回去。格里高在他眼前直直地把球接住。他把球扔回来，我用力向上才接住——刚好——落在我的左手。格里高肯定知道我是偏爱喜欢引用里尔克的人，他说："待在外面的鸽子，在鸽棚之外，／又转着圈子回到家里，使昼夜得以和谐，／它知道秘密的事情，当最陌生的惊惶／之吸入偎依于，被感觉的飞翔。"[①]

他的背后是峡谷，那无边的边界。网球像黄色的星球一样在蓝色的天空上来回旋转。我们在扔球与接球中陷入迷狂。这个游戏不可能永远玩下去，但我们不知道它什么时候结束，那么在每一个瞬间，它都是永恒的。

---

① 奥地利诗人里尔克的诗句，节选自《赞美节致埃里卡》一诗。原文为德语。

臭　麻[1]

① 原文Skunk，是臭鼬的意思，俚语中指一种非常强效的大麻。

1999年4月，我在巴黎住了几天，为《Time Out城市指南：巴黎人行道》这本书做有关人行道的研究。我研究的人行道在第十一区，20世纪90年代初期，我在这里断断续续住过一段时间，不过这次我和朋友哈维及米米住在第八区，在香榭丽舍大街上，正对着总统府。我到的那天晚上，他们为我接风，哈维说，他邀请了一位新朋友，一位名叫玛丽·罗伊的年轻美女。

玛丽到了，她不是米米的那种美，但是非常迷人。她个子很高（有六英尺），一双宁静的绿眼睛，一头黑发，以我那经常去廉价剃头匠（五十卢比，在果阿）店里的眼光来看，她的发型应该很昂贵。她打扮成太空站加油处的工作人员——裤子面料是一种防热耐冷的高合成纤维，上面全是口袋——她是典型的巴黎人，喜欢激烈的辩论。吃饭的时候，我宣布自己“完全支持北约，百分之百支持轰炸塞尔维亚”，她发现“一个所谓的知识分子”竟然会说出那样愚蠢的话——更不要说真是这么想的——实在是不可思议。

“谁说我是知识分子?”我说。

“哈维。”她说。

“啊，他肯定是在开玩笑。”我说。

她抽烟很凶，比烟鬼哈维和米米抽得还凶，但是这不妨碍我喜欢她。晚餐之后，我喝多了，把酒杯摔在了地上。我们收拾玻璃碎片时，玛丽割伤了手指，几滴血落在了我脚上那双已经磨坏了的运动鞋上。她在卫生间里用冷水洗完手后，我把邦迪创可贴缠绕在她细长的手指上—— 一种暗示了婚姻的可能的动作，虽然它是一种医学上的动作。我们之间的气场变了，变柔和了，我们约好明天见面，一起研究我的“人行道”。她把电话号码写在我的笔记本的最后一页，留下了模糊的血迹。她的笔迹醒目而清晰。

“午饭后给我打电话。”我们吻别时，她说道。

第二天下午，哈维要离开巴黎去马赛看一个朋友。在他去里昂火车站的路上，我们在十一区的一家餐馆吃了午饭，之前的一上午我都在这里研究我的人行道。哈维坚称玛丽渴望与我上床——他对所有他介绍给我的女人都是这样评价的。我坚称——我总是这么坚称——他是错的，还有，在所有他介绍给我的女人当中，我只想与其中一个上床，那就是米米。和他分手以后，我就给玛丽打电话，约好在奥贝康夫大街上的“煤炭”咖啡馆见面。

她准时出现了，下身穿黑色迷彩裤，上身穿一件浅色T恤，胸前位置写有日语。我们喝了一杯咖啡（这是那一天中我的第四杯）之后，她问我想做什么。我说如果我们嗑药的话，那会有助于我的研究。玛丽很高兴一试，尽管大麻对她不起任何作用。

我们花了很长时间想找到一个僻静之处悄悄爽一下。一个小公园里有太多的母亲和小孩，他们会把我们当成吸毒者；另一个公园里有太多的年轻人，我们又觉得他们是吸毒者。到处都是窗户和眼睛。最终我们发现了圣马丁运河边的一张椅子。这里显然是嗑药的好地方；旁边的椅子上有一对情侣正在吸大麻。我装满烟斗时，玛丽又说了一遍，她以前试着抽过几次大麻，但大麻对她不起任何作用。

“哦好吧，希望这次可以。”我说。虽然我们头一天晚上才认识，但我和她在一起非常放松，或许是因为我对她没有性欲。部分是因为她抽烟，部分是因为我在英国有一个女朋友（当然我不会和她提到这个）。我不知道她对我是不是有性欲，也许没有——很久以前我就对哈维在这方面的意见不以为然了——不过我觉得她对我是好奇的，因为我和任何一个巴黎男人都迥然不同。这是她与一个四十岁的知识分子度过的第一个下午，这位知识分子并没有任何真知灼见可以分享——他对什么都不感兴趣——除了对夜店和毒品。我点燃了烟斗，吸了两口，递给她。尽管她烟不离手，对大麻却束手无策。

“吸进去。”我边咳边说，“尽可能地深吸一口。”她试了一下，把烟斗还给我，一边把烟喷了出去。我大大地吸了一口，又把烟斗递给她。一艘驳船正穿过运河上的一个水闸。要想顺利通过这些水闸，需要耗费如此多的精力，以至于运河旅游的乐趣完全被剥夺了。我很高兴我刚嗑过药，坐在这里观看，而不用加入到那个没完没了的痛苦的水闸之旅，但是我宁愿自己没有看到它。我很快就兴奋起来了，这真让我吃惊。

“你感觉到什么了吗?”我说。

“没有。你呢?”

“爽到爆。”我说。

“是什么感觉?”

“很难形容。就是嗑药的感觉，和别的感觉都不一样。”

我们又向前走了一会儿，不太知道我们身处何处。

吸食臭麻后，人会完全失去方向感，甚至会产生心理上的恐慌。我能看见每样东西，但我看见一样东西后，马上就看见另一样，也就是说每样东西其实我都没有注意到。我们已经离开了运河，走在一条车流汹涌的马路上，车子停下，行驶，即使是移动的车也是静止的。阴郁的天空稍稍放晴了一些。我走进一家商店，玛丽等在门口——我们渴极了——我去买了几瓶“依云水”。

“有感觉了吗？”我问。水太凉了，我的牙一阵刺痛。

“我觉得奇怪。”

“怎么了？”

“我觉得我不喜欢这种感觉。”

“你不舒服？”

“不是，但我——”

“不必担心。好好享受。”

“你给我吸的是什么？”

“就是大麻。”

“不，不可能。”

“是的。臭麻，非常强效的大麻。你只吸了一点点，不必担心。”我挽着她的胳膊微笑，很像是一对般配的巴黎情侣在散步。如果我们能顺利度过下面几分钟，我相信我们会找到乐趣。我们走了没有多久，玛丽就说她想坐一会儿。路边有一个咖啡馆，我们小心地过了马路，坐在外面的一张桌子边。

“我们在哪儿？”她说。

“我不知道。什么街……”我环顾四周，看不到一个标志。

“我们在哪儿？”她又说。

“巴黎。在一家咖啡馆，一家很不错的咖啡馆。”我说，“一家巴黎式的咖啡馆，如果你不介意我这么说。”走路分散了玛丽的注意力，让她没有意识到她的感觉有多么怪异。她坐下以后，就没有什么可以分散她的了。

“你想喝点什么？”我说。

“你给我吸的是什么？”

“大麻。只是大麻。”我说，不过这是不是真的还有待商榷。很多人认为臭麻是转基因产品，因此会抵制它。

玛丽摇了摇头。“你为什么这么做？”

“做什么？”

“给我吸那玩意。”

“我觉得会很开心。对我的工作也有用。”

“为什么？”

“它能让人进入‘奇异领域’。”我说，“你知道，这个城市的梦幻空间。”

“你为什么要这么做?”

“这是我喜欢的城市版本。”

“我不想待在你的城市。我想待在我的城市。我的城市在哪里?我们为什么不能待在我的城市?”

侍者走了过来。臭麻让我很兴奋,再加上我今天喝了太多咖啡,已经躁动不已,但我还是点了两杯咖啡。侍者走了,脸色看上去十分苍白的玛丽问我:“为什么是我?”

“什么意思?”

“在所有的巴黎人当中,为什么是我?为什么是我?”

“因为我昨天遇见了你,而且我觉得你很酷。我觉得我们可以一起出去,研究我的人行道。我觉得会很开心。”她摇了摇头,这是一个公道的回应。很显然,她不开心,一点也不。她不知道她在哪里,不知道她是谁。臭麻就是这样的,尤其是在最初的二十分钟,会带来极大的混乱。这就是为什么喜欢它的人们——像我这样的人——会喜欢它。

“你对我做了什么?”

“听我说,它只是大麻。不管你现在感觉有多么奇怪,它对你的身体是没有副作用的。假如我给你的是一片药,你开始感觉异常,我就会担心它有没有副作用。

但这只是大麻啊。它对身体是无害的。它只是进入了你的脑子。你只要放松，随它去，一切都会好的。一切都会好起来。”

她摇了摇头。侍者端着咖啡走了过来，我们两个都不想喝。他看了看玛丽，我觉得他看出了什么。我已经灵魂出窍，但是我强打精神想表现得正常，说正常的话，做正常的事，努力去安慰她。

过了一会儿她说：“你并不是为 *Time Out* 工作，是不是？”

“我当然是为它工作的。”

“谁派你来的？”她很突兀地说，带着强烈的语气，听上去像是惊悚片里的一句对白。

“这是你说的对白，”我说，“你一边揪住某人的西服领子，把他往堆满垃圾的小巷的墙上按去。这是一句应该用呵斥语气说出的对白，你的脸贴着你呵斥的对象。‘谁派你来的？谁派你来的？’”她对我这简短的发言没有什么反应，我又假笑着加了一句：“是 *Time Out* 派我来的。”

我的笔记本放在桌上。她拿起来，开始翻看笔记本上潦草的记录，是我为《Time Out城市指南：巴黎人行道》一书做的准备工作。我的字迹很乱，没人能认出来——有时候我自己也认不出来——但是她专注地盯着每一页看。

“你写的根本不是什么指南。”她说，绿眼睛里有一种茫然的领悟。

“我写的当然是。”

“你把我写进小说里了，是不是?”她说，每翻看一页都进一步证实了她的怀疑。我在心里假笑了一下，摇了摇头。她也摇了摇头，翻到最后一页，上面有电话号码。

“为什么会有这些号码?”

“他们是我在巴黎认识的人，如果有时间的话，我想见见的一些人。”

“为什么我的号码在这里?”

“你昨天写在这里的。”我说，她似乎没有注意到已经干了的血迹，我松了一口气。她从包里拿出一支圆珠笔——就是昨天晚上用的那支——试图勾掉她的名字和号码。不幸的是圆珠笔没有油了，她把它当成凿子，把连同她的下面三四个号码一起切掉了。这是一种自我毁灭，无异于自杀。看见这些电话号码，她又有了一个主意。

“我需要打一个电话。”她说。我意识到她并不像她昨晚表现的那样，并不是一个有冒险精神的自由灵魂。她说这句话时，她说她想打一个电话时，我发现她是晚上花很多时间煲电话粥的那种人，在电话里与那些有男朋友又住得很远的女友聊天。我能感觉到那种孤独——那种臭麻式的孤独——正在淹没她。同时，她也看到我身上的某种东西。

“你很邪恶。”她说。臭麻是这样的：它呈现出普通吸毒者的疑惧，又把它提升到一种令人眩晕的表现主义的洞见。你能清楚地感觉到那种疑惧，即使是在没有威胁或危险的环境里，臭麻也会让你有这种体验，一种纯粹的原始的体验——一般来说是恐惧——不需要和外部现实有什么联系的恐惧。至少我以前是这么想的。从此我不再抽臭麻，因为它让我又疑又惧。

“请听我说，”我说，“相信我。我知道你无法相信我，但你一定要相信我。我保证你不会有事。”我伸手握住她的手，她没有缩回去。我握着她的手，就像握着一个受伤之人或垂死之人的手，一点也不像握着巴黎咖啡馆里一个年轻女人的手，而我差点还想追求她。我说话的时候，她似乎在听，但我一停下，她又恍惚起来。

“我要打一个电话。”她说。这不是一个好主意，有几个理由：要想找到电话，她需要走进酒吧，很可能要问一问酒保电话在哪里。接电话的朋友会被她说话的方式吓一跳，她不知道自己在哪里，而且她还和一位刚刚认识的危险的英国知识分子在一起。这位朋友会要求与酒保通话，我们会陷入麻烦——可是我要确保我们两人都不会有麻烦。

“你看这样如何?”我说，“你坐在这里，我去给米米打电话。她认识我们两个人。她会安抚你。”玛丽摇了摇头。她主意已定，站了起来，去打电话。我左右摇摆，既想直接拦住她——这会让她更加恐慌，很可能会引发混乱——又想……

无论如何，一切都晚了。她正走进门。我看见她消失在咖啡馆的后面，没有与酒保有一句交谈，我松了一口气。她走了，我才意识到我费了多大的努力想表现得正常和有理性。我能感觉到那种保持镇定的劲简直是物理性的，极度紧绷的，就在我的脑子里。我想表现正确——做正确的事——另一个我却感到有点恼火，因为下午的研究就要泡汤了。

几分钟以后玛丽回来了。她出来时，也是一天里太阳头一回出来。她没有打电话，她什么电话号码也不记得。很好，我想。小小的福音，感谢上帝。既然坐着不会让她好受，不如接着我们之前的散步。我在桌上留下四十法郎和没有碰过的咖啡，我们站起身。不幸的是，散步又遇到了新问题。她眼角的余光总能看到一些东西—— 一只没有尾巴的黑狗，肉店里挂满了粉红色的鲜肉，一家希腊餐厅正在烤的羊肉串——都是她不喜欢的东西，都是让她害怕的东西，其中一件东西就是我。我猜，这就是她为什么说她要叫的士。这比她想打电话时我面临的两难更难了。她可能吓坏了，但在我的监护下，即使她很难受，也不会真出什么事。不管她多么难受，她最好在我的保护下。我脑子里想着这些，她已经招来了一辆的士。的士停下，她打开车门，钻了进去。我本应该把她从车里拉出来，或者也进到车里，但是她就在车里，我就站在路边，我什么也没做。我弯下身，看了看司机。她把车门拉上，他们开走了。一分钟前的士还在那里，一分钟后那里已经空了，只有浸了油渍的马路和对面的商店。

她走了，有几分钟我感到解脱了。然后我开始担忧，她不知道她住在哪里。一想到这个，我就坚信司机会绑架、强奸或杀害她。我完全可以想象车里发生的事，好像我就在现场，好像她能从反光镜中看到我的眼睛，我的眼睛注视着她，她僵硬地坐着，脸色苍白，抓着她的包，车子穿行在失去了方向的陌生的城市里。似乎可以肯定的是，几天内布劳涅森林里会发现——她的尸体——衣不蔽体，如他们所言。我多么愚蠢，竟然没有查看司机的驾驶牌照。

我走了几分钟，在一家咖啡馆门口停下，他们刚打扫过地面。空气中充满氨水的气味。我点了一天中的第六杯咖啡，我去了卫生间，我不敢抬头看对面的镜子。我的阴茎急剧地萎缩了，当我紧张的时候，当我嗑药的时候，当我喝过量咖啡的时候，就会这样（今天是三毒俱全）：只剩下皱成一团的包皮，撒尿很困难。撒完之后，又淅淅沥沥很难止住。我应该和她一起上车。我的脑海里不断地重放那个瞬间，在那个瞬间我本可以有另外的做法，但结果总是一样的。

我回到桌前，记下了她说过的一些话，万一有一天我需要把今天发生的事写进书里。我能清晰地看见车里的她，看见司机的眼睛，看见车加速驶过时窗外的霓虹灯。车已经行驶了一段时间，但是她的公寓仍在远处。她不知道她在哪个区。每个地方都像别的地方，没有一个地方像任何地方。我翻到笔记本的最后一页，在那里她的名字和电话被划掉了。看见那褐色的血迹，我想起滴在运动鞋上的鲜血。我低头看了看我的鞋，它们太脏了，模糊不清的血迹只有法医才能鉴定出来。我特意用英语问了问侍者我们在哪里，现在是几点。我让他在我的巴黎地图上指出我们的所在地。我确保他能记得我。我的嘴干得冒火。

离开之前我给米米打了一个电话，告诉她发生的一切。她说她会给玛丽的公寓打电话。我不知道下面该做什么，就接着研究我的人行道。我沿着波平考特街（我以前在那里住过）和巴斯福瓦街走到夏朗尼街，很奇怪，街上没有什么人。街角上的那座建筑自从阿杰特[①]的时代就没有翻新过，像是被鬼魂占领了。记住瓦尔特·本雅明[②]对阿杰特的评价——他拍摄的巴黎像是犯罪现场——我沿着凯勒街走到罗格特街。已是黄昏时分。路人行色匆匆，有的走在回家的路上，有的刚刚出门，有的只是闲逛。酒吧和咖啡馆的前廊坐满了抽烟喝酒的巴黎人，街道也熙熙攘攘。我很高兴回到人群中，加入到人流之中，我看着商店橱窗，向巴士底狱的方向走去。

九点钟，我去“保罗家”餐厅和一个朋友吃饭，然后坐地铁回到第八区。我进入香榭丽舍大街，一个宪兵拦住我问我去哪里。这是常事，因为这里离总统府很近。我镇定地解释说我和朋友住在一起，就在20号，他挥了挥手放我过去了。

米米穿着白色浴袍打开了门。她才洗完头，用一条厚毛巾裹住头。我真希望玛丽这时候已经打过电话了，但是她没有回复米米给她的留言。我建议再打一次电

---

① 尤金·阿杰特（Eugène Atget，1857—1927），法国著名摄影师。

② 瓦尔特·本雅明（Walter Benjamin，1892—1940），德国现代卓有影响的思想家、哲学家和马克思主义文学批评家。

话，米米说不要担心，玛丽早上可能会打电话过来，可能会有点尴尬，但是完全不会有什么事情。

“是的。”我说，然而它也可能是警察打来的，事情很严重。

米米打开一瓶红酒。我给自己倒了一杯，和她说了更多的细节。我强调这件事里滑稽的一面，让她注意到我的行为是多么正确。总之，我把它轻描淡写了。米米坐在沙发上。她的脚指甲涂了一层可爱的淡绿色指甲油。我脱掉鞋子——因为种种原因，我一天都在长途跋涉——我把脚伸到对面的咖啡桌上。从这个低的角度望去，我能看见一轮新月挂在总统府的上空，仿佛是伊斯兰共和国宣布独立了[①]。米米站起身，放起一个老男人唱的阿拉伯语歌的唱片，加深了我的这个感觉——那是一曲牧羊人的挽歌，我想。她狠狠地擦干头发，把毛巾挂在浴室里，又坐回到沙发上，两条腿缠绕着。她的头发还是湿的。我又倒了一些酒。我看了看时钟——快到深夜十二点半了——这时电话铃响起。

---

① 伊斯兰共和国是伊朗、巴基斯坦、阿富汗和毛里塔尼亚四个伊斯兰国家国号的组成部分，它们的国旗上都有新月的符号。

懒人瑜伽

1943年7月，凯特的祖父死在那场战争中——那场野蛮的战争——在塞班岛[1]的战争（至少我觉得是）。他在第一批上岸的登陆舰上。他成功登陆，接下来的战斗中他也幸免于难，塞班岛被安全占领后，他却死于饵雷。攻岛是在月圆之夜后的第一个清晨。登陆之后，他曾给凯特的祖母写过一封信，述说他如何在运兵舰的甲板上度过月圆之夜。他说，一想到照在他身上的月光也同样照在费城的她身上，就感到欣慰。我不知道这是不

① 塞班岛（Saipan），西太平洋北马里亚纳群岛一岛。1565至1899年受西班牙统治。1899至1914年属德国。1920年归日本。1944年被美军占领，成为重要的空军基地。第二次世界大战时期，日本军队和美国军队为争夺该岛展开了激烈的战斗。

是真的。我的意思是，在地球的一个地方出现了圆月，在另一个地方也同样是圆月吗，难道不会有某种宇宙时差吗？先不管天文学怎么说——我喜欢这种方式——全世界的月亮都是一样的，他从这种想法中找到了慰藉。你可以说这是一句陈词滥调，不过博尔赫斯说过，了不起的比喻屈指可数，所以我们才会时常引用那些陈词滥调。凯特的祖父在最后一封信中说，这次攻岛之战让他有了真正活着的感觉。除了那些被海水弄脏了的信件，关于这次登陆还有一部影片，最初的射击是彩色镜头，随后就淹没在一片硫磺岛蓝里了。凯特的祖父没有在这部影片里出现，但他的战友在。你可以看见登陆舰掀起的白色尾波，像宣告胜利一般地飞扬，还有那被棕榈树包围的海滩，那一片海蓝。它是默片，然而胶片在放映机上的摩擦声就像是马达的轰鸣声和海浪的拍打声。假如你在电视上看它，电视饱和的彩色仍然可以还原现场。你可以看见惊涛拍岸，士兵们盼望着上岸的那一刻，那就像一场掷骰子的游戏，你是死是活还是残疾，全在一念之间。那时凯特的父亲五岁，让我惊讶的是，长大以后他没有变成留板寸的痴迷于太平洋战争的家伙，他没有致力于了解那场战争的所有细节以及他父亲阵亡时的血腥场面。他没有变成那种人，他十分正常和友善，凯特是他的女儿。

我在东南亚旅行有一个月了，有一天我在泰国帕岸岛的一个修习所里遇到了她。这个修习所勉强称得上是一个景点，离哈林海滩还有两个海滩的距离，去那里有两种方式，一种是两个小时跋山涉水的急行军，另一种是只需要二十分钟的愉快的泛舟之旅。你在修习所可以学习火舞，或者是泰式按摩，或者练瑜伽，或者在海里游泳，或者只是四处逛逛，期待哈林海滩那盛大的圆月派对。那里的平房——其实就是茅屋——非常简陋，在可怕的丛林边上，但是从它的酒吧和就餐区可以眺望海滩，那里散落着吊床和坐垫，有一种田园风光。白天微风吹拂，天气凉爽；夜晚这里则点起了轻柔的琥珀色的台灯。这里有一个很棒的图书馆，有奥登和布莱克的诗，当然也有卡斯塔尼达[①]的著作和水晶疗法的书。

哈林海滩每月一度的圆月派对的前一周，我来到这里。哈林海滩曾经很不错，就在不久以前。但它现在太热门了，人满为患，处处是美丽的寻欢作乐的人儿，白天他们把电视的音量调得很大，无所事事地等待夜晚的到来。每隔几天我要去那里收电子邮件，否则我是不会

① 指人类学家、巫师卡洛斯·卡斯塔尼达（Carlos Castaneda，1925—1998），出生于南美洲，年幼时随父母移居美国。他的人类学研究重点是“印第安人使用的药用植物”。

离开修习所的。数周的繁忙旅程，我拖着帆布背包在一辆辆火车上上下下，参观毁损的或者保存完好的寺庙——每隔一天入住一家新的客房，此刻我能躺在吊床上或是靠在三角形的泰式坐垫上，感觉很幸福，虽然我觉得这种坐垫一点也不舒服。

我到达的第一个下午，遇见了来自得克萨斯奥斯汀的杰克。我初来乍到，感觉很不自在，当他自我介绍并在我身边坐下时，我松了一口气。他留着摇滚明星式的发型，文有摩托车手的文身——女人、匕首、蛇——文在他的后背和胳膊上。其实帕岸岛的每个人身上都有某种文身，没有文身的反而容易脱颖而出，不过杰克身上的文身非常鲜明，让你无法忽略。我问他那些文身是什么意思，他告诉了我，可是我觉得它们多是些没有意义的图案，除了丑陋本身有点意义之外。最后一处文身—— 一朵火中的玫瑰——只是略微好一点，象征他过去所做的坏事得到了救赎（比如全身文满了恶心的文身这样的坏事）。我们坐在沙滩上，粗糙的沙砾从我们的手指间滑落，他对我说，从那以后，他就改变了整个信仰体系。现在他正走在“完整的自我旅行”这条路上。

在这点上，杰克就不如特洛伊（他的左肩胛上文了一只小鸟）了，后者是一个非常英俊的小伙子，一直在不停地走。我本人经历过很多次注意力涣散的阶段，但在我状态最坏的时候，也不曾像特洛伊那样坐立不安。他坐下来的时间不超过几秒钟——这对双脚绑在绷带里的人来说更加奇怪了，走路显然会让他更难受。他的左手也捆着绷带，如果他的右手也有绷带的话，那你完全可以认为他被钉上过十字架。我对别人身上的伤总是好奇——每一道疤都是一个故事——我问他脚怎么了。

“恶业。”

“什么意思？”

“脚上有水疱。”

“那为什么是恶业呢？”

“记忆。很多记忆出来了。”

“从你的脚里吗？”

“很多坏的记忆。”说着，他站起身走了，也就是说他离开了我，在别处坐了几分钟，又站起身走了。第二天我们聊天时，他提到了“在医院里”的时光。我竖起耳朵听。

“是治你的脚吗？”我很天真地问道。

“不，不是的。”他摇了摇头说。

“你吸了什么？”（我听说，圆月派对的晚上，附近的医院会启用额外的精神病医疗队，因为很多人吸食迷幻蘑菇、迷幻药、摇头丸，或者三种一起吸。）

“是的。”

“你吸的是什么?”(我喜欢听被毒品毒害的人的故事。)

“哦,蝎毒。各种乱七八糟的。”他曾冥想入定,冥想自己的尸体在地下慢慢腐烂;他后来练过神风太极拳,还有一些莫名其妙的东西:人们从现实世界迈向“自我旅行”时会尝试的各种极端事物。他的老师是一位法国裔加拿大人,是他的领路人,他让特洛伊吃萨满教①式的蝾螈眼睛和青蛙舌头,诸如此类的东西。特洛伊说,有一次他甚至喝了一瓶毒药。我想象一个有骷髅头和十字形骨的瓶子,上面有钢印的大写字母“毒药”。

“你为啥要这么做?”

“我想体验死亡。我死的时候会发生什么?一片空无。我会以另外一种形式重返人间。我清楚地记得我曾是一棵树,一块石头,一条河。水,我们都是水。”

“当然。”我说道,同时喝了一口矿泉水。在他“自

① 萨满教是在原始信仰基础上逐渐丰富与发达起来的一种民间信仰活动,出现时间非常早,很可能是世界上最早的宗教。该教崇拜对象极为广泛,有各种神灵、动植物以及无生命的自然物和自然现象。没有成文的经典,没有宗教组织和特定的创始人,没有寺庙,也没有统一、规范化的宗教礼仪。巫师的职位常在本部落氏族中靠口传身授世代嬗递。

我旅行”的某个阶段，特洛伊什么也不记得了。他醒来，发现自己在精神病院的病房里。

“哦，它是……它是……”他站起身走来走去，坐下，站起，又走回来。他不愿意再讲下去，我决定换个话题，问起他在上一次谈话中曾提到的学业。在他走火入魔之前，他在美国的时候学的是什么？

“首先是，生意。我父亲是个生意人。”我十分惊讶这句话频出于美国人之口。他们做这个或那个都是因为他们的父亲做过。我遇到的英国人也去父亲念过的牛津大学读书，但英国人不会产生“因为这是父亲做过的事我就要去做”的这种念头。

“我不喜欢做生意。”特洛伊说，“那不是我。后来我学了文学。我研究那个。”我喜欢那个“那个”，它让文学听起来类似于一门潜水课，学完之后你会得到一张PADI[①]潜水执照，你就可以在麦尔维尔[②]或康拉德[③]的公共水域里潜水了。

---

① PADI是Profesional Association of Diver Instructor（国际专业潜水教练协会）的英文缩写。该协会始创于1966年，是世界上最大的潜水训练机构。

② 赫尔曼·麦尔维尔代表作《白鲸》。 麦尔维尔擅长描写海洋生活，本书作者才有此说。

③ 康拉德擅长描写海洋生活，本书作者才有此说。

“我确实学会了不少东西，”特洛伊接着说，“我了解了痛苦。所以我们大家会在这里，去面对痛苦。为了治愈我们。”

我有些困惑。我喜欢修习所的氛围——它是具有新时代特色的地方——然而对治疗的强调本质上是以疾病和伤痛为基础的。它最终是一种恶性的复制。我环顾四周，发现这里的好几个人都生了病。也许生病是被治愈的前提。不管你怎么看，这里有不少人染上了胃疾。梅瑞安，一位面容憔悴的荷兰女人，说它是一种“净化”的方式。我想它听起来像是痢疾。有一天我向对面的海滩望去，看见一个女人正对着沙子呕吐。不仅仅是胃疼，每个人的脚都被珊瑚或尖利的石片划伤了。我时刻穿着我的Teva鞋，进修习所时，我有点不情愿地脱掉了它们，进修习所前要蹚过一个洗脚池，好把脚上的沙子洗掉。我担心会传染扁平疣或是沾上从特洛伊脚上跑出来的坏记忆。（我还一度构思了一个故事，有一个人吸入了别人的记忆，他们的朋友以及发生在他们身上的故事，那些记忆和他本人的混合在一起；然后我意识到那个人就是我，我已经写了好几个这样的故事。）我也煞费苦心不要生病，不要发生可怜的加雷斯遭遇的那种事故，他被水母蜇伤了。

他是一个热情、害羞、笨拙的英国小伙子，他游进了一小群水母中间。虽然他是游泳健将——后来他告诉我他的野心是横渡英吉利海峡——他说，那种惊吓的情绪差点让他淹死。此时他看上去仍有那种惊愕的表情，不过他脸上的这种表情很可能是天生的。作为康复治疗的一部分，他大部分时间都躺在吊床上读布莱克，读先知书。他也经常和杰克下象棋，加雷斯扬言，杰克是他遇到的最好的棋手之一。杰克像是那种监狱里自学成才的象棋大师，技艺不精，但是他会用不顾一切的进攻扰乱棋艺精湛的对手，他的棋步经常铤而走险。加雷斯却是一个行动迟缓、慢条斯理的人，他专注地长考，那专注中充满了不祥的预兆。

这里有不少人喜欢下象棋，还有更多的人喜欢下西洋双陆棋，杰克对此也很擅长。有一次他问我要不要玩，我对他解释说，我不喜欢任何需要集中注意力的事情。我甚至连瑜伽都不愿意做。我几乎是这里唯一一个不做瑜伽的人。很多人即使在不做瑜伽时，也会做一些瑜伽动作。他们总是用高难度的姿势伸展四肢、弯腰或是坐着。每个人都有完美的姿势，他们走路的样子好像随时可以飞起来。我真希望我练瑜伽很多年——说实话，很多年来我都希望我练瑜伽很多年——但我就是无法开始。在这里我连书也读不下去，每天就是闲逛、抽大麻，或是与维尼这样的人聊天。维尼正在写一部回忆录，关于六七十年代他在美国的生活。修习所的平房只有在晚上六点到七点之间才供电，维尼一整天都在等着他的笔记本充好电。

“你知道我怎么逃避兵役的?”在这漫长的无力的等待中，他问我。

我摇了摇头，他向我行了个军礼。在他的右手掌底部，有一处已经褪了色的黑墨水刺的文身——“去你妈”。

“不服从。”我说。

“你猜对了，兄弟。”他说。

我在修习所安顿下来，渐渐找到了家的感觉，我的精神和身体状态都非常好，好到我决定穿过丛林，越过高山，徒步走到哈林海滩。丛林发出急促的沙沙声，让人产生不祥之感。每一根树枝、每一块石头中似乎都有蛇出没。它是多丘多沙砾的地形，岩石摇摇欲坠，爬满蛇一样的植被。一刻钟后，我欣慰地看到对面走过来一个瘦弱的法国小伙子——他向修习所的方向走来——他说从这里开始路越来越难走。丛林密闭，你要穿过阴森的植被组成的狭长走廊。我犹豫了片刻，对自己说我身体尚虚——我跟他回到了名副其实的修习所。

就算是在那里，我也没有感到百分之百的安全。有一天晚上，一只野生动物趁我睡着时从我那没有玻璃的窗子外跳了进来。其实那只不过是一只野猫，我却再也睡不着了，听着窗外的野兽在被入侵的荒野里徘徊。特洛伊曾见过一条蛇，维尼也见过，我希望我不要见到。我也害怕水母，所以我从不单独出海，我会和海蒂还有罗勃这样的人一起去，海蒂是住在新加坡的加拿大人，罗勃来自旧金山，他们两个都是游泳好手。海蒂轻松地浮在水面，四肢舒展，演示她的良好水性。她说，你可以像这样一连浮在水面几小时，甚至好几天，等待救援，诀窍在于——其实它适用于所有类似的事情——完全地放松，但要想让自己进入绝对放松的状态是非常困难的。罗勃坚持不了多久，我是根本不行的。

我们看见远处有人在游泳。他们离得太远了，我们唯一能看见的是被平坦的海水环绕的一团头发。如果只是两个人在游泳，那倒也没什么，但他们看起来是如此孤立无援——他们暴露在突然的痉挛、奇特的激流、鲨鱼的袭击下——这些让他们看起来比实际上更加遥远。我们三人关于要不要游得那么远展开了简短的辩论。海蒂觉得这是非常愚蠢的行为，罗勃也认同。我虽然是一个很怯懦的游泳爱好者，却宽容得多。

“他们能去那么远的地方，”我说，“肯定是对安全返回非常自信，而就他们的能力而言，也许他们游得并不远。这些事情就没有绝对的标准可言。拿我本人来说，假如我想的话，我是能站在水底的（我当然不会这么做，万一脚被划伤了）——但我还是觉得水要淹没我了。”

“他们很容易遇到不测。”罗勃说，我们盯着那个小小的头，它似乎已经，注定的，危在旦夕。不管那是谁的头，它都是在呼叫的距离之外，实在是太远了，就算发生什么，我怀疑我们也不会看见。你向别处望去，几分钟后再去看，那个头就不会在那儿了，而水面几乎不会有什么波动。

我们泡在水里聊天。海面平坦而温暖，相当于室温。一艘长尾船驶进海湾，搅乱了水的平静，令海湾和山峦喧嚣不止，留下它的尾波，一阵阵哗啦哗啦的空虚。现在正是返回海滩的好时机，杰克正在那里练习没有火的火舞。一位身着红色比基尼的性感女人游在我们前面一点点，从海里上岸了。

“我被蜇了。”她说道，似乎是对杰克，更是对所有人说——“我被蜇了。”——她这么说纯粹是出于震惊和疼痛，这两种感觉不分彼此，互相传染。她的胳膊和腹部布满红斑，像她的比基尼那么红。

杰克一边旋转，一边说：“醋。”

“什么？”她说。

“用醋。”她不知所措地站在那里，双臂前伸，好像粘住了一样。她回过神来后马上冲进了修习所。

“那位就是刚才游得很远的人。”罗勃说。

“不！”

“肯定是。”

“一则寓言已经在我们眼前上演了，”我说，“但是问题仍然在——她是不是游得太远了？确实是太远了，假如她离岸边近一点，她就不会被蜇到。其实也不是太远，因为她虽然被蜇了，但她还是回来了。”罗勃很好相处，然而有些时候我没有耐心和他交谈。在我们的对话中，我只希望他做一个沉默不语的听众。

吃午饭的时候，我确保自己被安排到一个很好的座位上，能够听到被蜇事故那些血淋淋的细节。水母是半透明的，褐红色的，与蜇伤可怜的加雷斯的是同样的品种。它们——成群结队，一个无敌舰队——蜇伤了她的胳膊和腹部。她惊恐地游了回来，害怕途中还会遇到更多的水母，她一边游一边护住脸。她感觉到毒汁正在她的胳膊上流淌，上面布满可怕的斑点。她在蜇得最厉害的伤口处贴上了小片的纸。她正在吃一块很大的梭鱼排，简直比她的个头还要大，她看上去是那么纤细。她的另一个盘子里是一小堆土豆泥。她还处在惊吓中，但已经在恢复了。我观察她吃饭和聊天。在一分钟内，她的容颜在痛苦和美丽之间来回变幻。她摇曳多姿，我忍不住一个劲地盯着她看，举手投足之间，她的无拘无束释放出毋庸置疑的美丽，还有她身上蕴藏的力量和独立性，这一切比那天下午她所需要的以及将要发生在她身上的都要重大得多。当我注视着她，我意识到，我坚信一个女人从不需要我时，我便越发地爱上她。我不太确定我的感觉，但是这种熟悉的心理感受——几乎是一种副作用——让我领悟到，让我意识到：是的，我爱上她了。那是一种神魂颠倒的眩晕的体验——我如此渴望她，凭直觉我知道她对我没有同样的感觉，这两者之间的落差引发了我的眩晕。她一吃完巨大的梭鱼排，就对大家道了晚安，回屋去睡了。

“舔舔我的伤口。”她说。

我就不需要多说了吧，这就是我如何遇见凯特的。

第二天早晨我看见她的时候，她的状态好多了。她的胳膊上还有些红肿，但惊吓已经慢慢被她的系统消化了。我们又聊起了这次事故和它的后果。

“淋浴的时候最糟糕，”她说，“我正在洗头。我需要用洗发水好好地洗我的头。我浑身都是泡沫，这时停水了。我浑身都是水母的蜇伤和香波泡沫，突然间我感到一阵发冷，我哭得很伤心。是洗发水让我哭的。”

“后来水来了没有?”我说。

“终于啊。半个小时以后。”

“那半个小时是不是很漫长？”我说。

“我就坐在床上，哭呀。”

“然后你下来了，吃起了梭鱼排，是不是？我喜欢你这样。你狼吞虎咽的样子就像是对大海和所有海洋生物的报复。”

“我饿了。我确实需要大吃一顿。”

“毒汁在你的体内奔跑，”我说，“激发了各种奇怪的反应。身体在努力应对。它需要燃料。”

“夜里我做了奇怪的梦。”

“海梦？”

“是的。下沉的梦。”

“我们看见你游泳了。罗勃和海蒂都认为你游得太远了。”

“你呢？”

“我有些动摇。你是游了很远。但这要看情况。然后，你从水里走出来……”

“嗯？”

“我看见你站在那里，有两个特别强烈的反应。”

“是什么？”

“我会告诉你的，但是如果可以的话，我不会按顺序告诉你。”

“可以。”

“一个反应是：想到是你而不是我被蜇了，我大大地松了一口气。”

“另一个呢？”

“你穿着红色的比基尼，性感极了。”

“是泡泡糖粉红色。”

“你穿着泡泡糖粉红色的比基尼。”

第二天是哈林海滩的圆月派对，早餐时凯特建议加雷斯和她一起沿着海湾游到哈云海滩。

“你知道，”她说，“就是‘从哪里跌倒从哪里爬起’的那种事。”加雷斯自然表示赞同。他是如此笨重，社交上笨重，身体也笨重，而她如此轻盈而自信地行进在这个世上，我猜他很可能毫无保留地爱上了她。他已经习惯了别人对他的无视，他们的注意力总是转向别人，那些更有吸引力的人，而这位身着红色的——身着泡泡糖粉红色的——比基尼的——美丽女子建议他们一起游到哈云海滩。她问我想不想去，我很受诱惑，可是我的泳技实在太差，而且我还害怕水母，还担心被蜇或是淹死或是两者。我不想死的方式有很多，而被淹死是其中一种。

他们出发前，凯特在比基尼下面塞进四十泰铢。“买饮料用的。”她说。

我看着他们走向海滩。她很苗条，很可爱；他块头很大，很笨重，但到了水里它就会变成浮力和自信了。他们涉过闪烁的海水，向前游去，消失在海角。

他们走了之后，我做了什么？什么也没做。我在修习所进入了一种狂喜的状态。平时我总是飘忽不定，像特洛伊一样坐立不安，从来没有真正安静的时候，但是在修习所里，我愉快地一丝不挂地打坐。我和人们有一搭没一搭地聊天，他们有的坐船而来，有的涉水而过。我正在吃咖喱豆当午饭时，塔米和约翰走了过来——他们是一对加拿大夫妇，几年以后，我将会和他们一起在黑岩城扎营而居。和我一样，约翰穿着一件迪赛牌T恤——那时候泰国到处都在卖这种衣服。维尼和我总是相互敬礼（这已经成了一种习惯）。特洛伊会向我汇报他的脚伤进展，它们看起来仍是一团糟，但已经在好转了。修习所还有一个很好的地方：你在开放的场所闲逛，就说明可以找你聊天，但也有更隐蔽之处，你可以一个人待着。从我个人角度而言，我不需要独处。我的一生已经受够了孤独，我总是坐在能见到路人的地方，好有机会和他们闲聊上一番。特洛伊走后，来了一只狗，这狗还做了一会儿瑜伽。我望着大海，打起了瞌睡，又低头去看手中并没心思去读的书。其实我所做的唯一的事，就是等凯特回来，我希望她不要太久。

午饭后没有多久，她就回来了。加雷斯也回来了。凯特拉了一把椅子坐在我身边，加雷斯也坐了下来。这次出海完美极了。没有激流，他们时刻提防着水母，但游泳的乐趣并没有因此减退。他们的身上都带着亮闪闪的水花。我第一次发现在凯特的肩膀上有一处文身，是用白色药水刺的奥姆[①]符号。她点了餐——一大份泰式炒河粉。杰克也过来和我们坐在一起。

我年轻的时候对女人持一种猎食性的态度，但是这种猎食要求你精力充沛、能抗压，还要一往情深，现在我已经做不到了。我变得消极了，我不再努力进取，只是让自己听从命运的安排。我们四个坐在一起的时候，这三个男人明显都对一个女人感兴趣，我尽量不去做别的男人做的令我反感的那些事。我尽量不多说话，不给人留下印象，我尽量不将注意力都放在凯特身上，我只与加雷斯和杰克说话。我倾听，但不带着那种“瞧我多努力在听”的表情——有时候我脸上会有这种表情（尤其是我不在听的时候）。可是，不管我装得多么冷漠甚至是多疑，凯特确实对我更有兴趣，她的注意力更多地分给了我，我每次望向她的时候，她的视线总等在那里，等着与我相遇，就像一些奇妙的时刻，比如打牌的

① 奥姆（om）是梵文圣音，代表万物的源头。

时候，你拿了一手又一手的好牌。可能是运气，但感觉像是相反的，感觉像是命运。一切都适得其所，一切都水到渠成。我们都喜欢看山姆·夏普德和朱丽·黛勒比主演的《玻璃玫瑰》[1]，看过这部电影的人不多，而且对它的评价很低。凯特说她最喜欢的诗人是约翰·阿什贝利[2]。

“我也是!”我说，其实我说的不全是实话（在那一刻是实话）。“‘真理——那个我以为我说出的’，”我说，“我喜欢这句。”

“是哪首诗里的?”凯特问。

“我记不清了。”我撒了谎，我不想让谈话夹杂脚注和引用，重要的是我们喜欢同样的东西——我希望这是说出我们喜欢彼此的奇特方式。平时我觉得自己像一根老枯枝一样又长又瘦，但是此刻是穿着迪赛T恤的我，谈论着电影和诗歌的我，我感到自己晒得黝黑，身材修

① 德国著名导演沃尔克·施隆多夫（Volke Schlondorff）1991年的作品。

② 约翰·阿什贝利（John Ashbery，1927—2017），美国最有影响的诗人之一，后现代诗歌代表人物。其诗集《凸面镜中的自画像》获得国家图书奖和普利策奖。

长，吃过中饭后浑身是劲。[1]凯特听说我是“某类作家”，她问我写什么。

“我想写一本自助类的书，”我说，“《懒人瑜伽》。”

“但你也懒得写吧，是不是？”

“你偷了我的双关语。”我说。

“不过是个好主意。第一章：‘清空你的思想’。”

“哦，我还没想那么远。”

“那你想得有多远？”

“一点也不远。‘近’比‘远’更准确。”

“那你想得有多近？”

“近到才开头——但离放弃更近。”

“为什么？”

“我的脑子太空了。”

凯特的身体在阳光下被晒干了，她吃完了泰式炒河粉，正在喝一瓶水。她住在洛杉矶，是一名教师。她工作的时间很长，但她的假期也可以很长。她的生活是平庸与刺激的结合（她曾与一位知名的独立电影制作人同居，她和电影人交往，参加首映式，等等）。她说法

---

① 原文是full of the beans I'd had for lunch。full of the beans直译为充满了豆子，意译为精力充沛的意思。作者午饭吃的是豆子，所以有双关的意思。

语。她在费城长大。很难说清她的头发是什么颜色。她转动椅子，问我她的后背有没有脱皮。我能看见她的脊椎贴在皮肤下面，然后消失在比基尼后面。我说没有，不，没有。她用手摸了摸肩膀。

“你确定吗?”这次她转向杰克问道，杰克证实了她的怀疑，她的后背是脱皮了。

“你骗了我。”她对我说。

“我不想看得太仔细。”我害羞地说。

我们还坐在那里。没有人表示要起身或离开，这时凯特说她要去房间睡一会儿。我想说：“我也想。”但我不能。我看着她收拾东西。她说：“大家再见了。”我们三个说：“再见。”我故意没有目送她离开。我接着和杰克还有加雷斯坐下去，他们也接着坐下去。十分钟后我站起身说：“再见。”留下他们两个坐在那里。离开时，我非常敏感地意识到那两个无人坐的空座位。

几小时后我在阳台上看见了凯特，一个半小时以前我就故意在阳台上晾衣服，眼睛一直盯着她的阳台。她穿着比基尼，才走到阳台上。

“嗨!”我喊道，“我不知道你住这里。”

“我也不知道。我的意思是，不知道你住这里。”

“你要不要过来参观一下?”我说。

几分钟后她上楼进了我的阳台。她的肩膀上披着毛巾，头发上还有些浴液。

“我要回去洗一洗。”她说，“两分钟就好。”三分钟后她还站在那里，站在我的阳台上。

“你可以在我的房间里洗。”我说。这句话堵在我的喉咙里。她走进浴室，又回来了，她的头发很湿，闪着光。我直直地坐着，非瑜伽的方式。她用毛巾擦腿。我的脸正对着她的小腹。

“我冲干净了，”她说，“但我的头发还是黏滑。”我忍不住要看她的乳房和小腹，过了一会儿我不想再掩饰了。我快要说不出话来。我的心怦怦直跳，我想抓住她的手放在我的胸前说：“感觉一下我的心跳。”然而我不能，我不能抓住她的手，这种无能为力感让我的心跳得更加疯狂。她用手滑过自己的头发，她又说很黏滑。我的脸与她的小腹近在咫尺。如果有什么科学仪器能够测量我和她之间的电波，那仪器的指针肯定会失控，像汽车雨刮器一样来回乱扫。就像正在酝酿一场热带风暴，山顶上乌云隆隆作响，正是那山将我们与哈林海滩隔开。我再也受不了了。她向我挪动，我的嘴唇就在她的小腹上。她跪了下来，我们接吻。她的头发，湿滑的头发，跌落在我的身上。

我们躺在床上，躺在我的蚊帐下，躺了很久。天色渐暗，凯特和我说起了她的祖父，他死在了塞班或是别的什么地方，关于他写的那封信，关于她长大的小镇。我们洗完澡下楼去吃晚饭时，天已经黑了。你可以想象，我是多么地兴高采烈。我来修习所只有一周，我交了朋友，我找到了归属感，几个小时前我还和凯特发生了关系。这是我生命中最了不起的一天了——但是前面还有圆月节！其实你听不见，但你能感觉到山外和海湾传来的咚咚的音乐的节奏。这里的气氛是喧闹的反面。人们在控制自己的情绪，强迫自己保持平静，不要因为即将到来的盛事而过于亢奋。特洛伊（鉴于他那糟糕的脚，他不能去派对了）也相对沉静了，他能连续坐上几分钟了。很多谈话自然是与毒品有关的——谁会吸食什么，什么顺序，多大的量，什么组合，什么时间。对于这种谈话杰克特别自如。像这里的很多人一样，他的人格已经定型——白色人渣、坏蛋——他在修习所待的这段时间，他发现人们喜欢他这种人。他在二十岁的时候曾吸毒成瘾，但那都是过去的事了，如今的他只是喝酒。今晚是特别的日子，他会破例吸一点手头上能搞到的东西。

“它也是一种毒品吗？”凯特俏皮地问。她那么自信，那么无畏，却从来没有吃过摇头丸，现在也不太敢吃。杰克想说服她。

“摇头丸可以每天服用，是很好的一种药。”他解释说。也许应该举出所有的医学和八卦上的证据，但如果只是为了让她放松，这个观点本身已经足够有说服力了。凯特并没有被说服。我决定用一种更直白的方式来解释这个问题。

“只有一种看待它的方法。你想对生活说‘是’吗？假如答案是‘是’，你就吃摇头丸，至少一次；假如你决定要对生活说‘不’，那你就别吃。”我之前就说过，这已经是很了不起的一天了。我对派对也开始兴奋起来，说实话，我都有些目空一切了。塔米和约翰正在雄辩地讲解为何要吃摇头丸。他们不会去派对，但他们会吃摇头丸。他们坐在凯特身后，按摩着她的胳膊和肩膀，仿佛他们的整个余生都会幸福地在这个动作上被消磨掉。

“伙计，”杰克看着他们三人说，“我要嫉妒死了。”

午夜时分，两艘长尾船来接我们去参加派对。一个小时前修习所就停电了，黑暗给这次行动染上了一层神秘的色彩。越来越多的人跳上船后，船身开始晃动倾斜。月光透过云的薄纱洒下来，银色的水面波光粼粼。我们静静地开船离岸，带着一种大派对开始前的紧张情绪。我们向约翰和塔米挥手，他们到海滩给我们送行。

马达开动的时候发出巨大的噪声。棕榈树环绕的海滩消失了。两艘船，一艘亮着红色的霓虹灯管，另一艘是绿色的，在水面上齐头并进。船向大海驶去，我们看见被丛林覆盖的山峦。我们经过了哈云海滩。鱼儿跃出水面。月亮从云层里钻了出来，形成一轮炫目的银盘。维尼坐在我身边，强烈的迷幻药已经发力，他显示出了“开小差”的迹象。他开始叫我中尉——就像战争里的对话，“我们登陆的时候，中尉……”——他一再把这艘船叫作登陆舰。凯特坐在我的另一边，她的腿紧压着我的。放松的、迷糊的、能干的——船员向哈林海滩加速时——偶尔会有海水鞭子一样抽在我们身上。两艘船贴在一起。潮水轻涌。大海横穿了地平线。船以最快的速度在行进，但没有人希望这场旅行快点结束。海面幽暗，闪着磷光。月色皎洁。丛林在山坡上翻滚。

绕过最后一个海角后，我们就看见了哈林海滩，它被荧光和火照亮了。我们能听见马达上放的铁克诺音乐[①]，或者说马达本身也有了音乐的节奏。船驶近了，我们看见长长的弧形海滩挤满了人。从帕岸岛别的海滩以及苏梅岛驶来的船只纷纷靠岸。马达减速，发出低低

① Techno，也译为高科技舞曲。利用电脑、合成器合成，做出一些特殊音效，是一种电子音乐，起源于美国底特律。

的突突声，音乐声因此取而代之。烟花在头顶绽放。

“进港！”维尼大喊。

“伙计，他真疯了。”杰克说。过了一会儿杰克也疯了：他跳进深水里，立刻就消失在波涛下。我们小心地上了岸，涉水走到海滩。到处都是音响系统的声音以及明火和紫外线灯管的亮光。一片混乱。

我们上了岸，分散活动。我们选好了一处地点，在晚上的某个时间全部返回此地集合，但我怀疑没有人会记得它。环绕海滩有十几处音响系统，从远处听上去像是高科技舞曲，其实放的全是同一种傻乎乎的出神音乐[1]。我们从一个音响系统逛到另一个音响系统，有时跳跳舞，又接着走。派对很棒，毫无疑问，但我从来不能沉醉在傻乎乎的音乐中。

走着走着，凯特和我就与其他人分开了。我们在沙滩上铺了一条纱笼，我们坐下接吻。我的手在她的裙下游走，我的手指滑进了她的体内。我们长久地接吻，我的手指湿得像浸了油。

“我要融化了。”凯特说。月光映在她的眸子里明亮如水。

---

① rance，又译迷幻舞曲，由铁克诺音乐演变而来，保有舞曲的律动，很注重低音的表现，某些人听了会有催眠的效果。

黎明前，海滩已经被蹂躏得面目全非。派对还没有结束，但沙滩上已经有很多睡着的人。废弃的瓶子和香烟头在浪边漂浮。

我们在等待回修习所的船时遇见了加雷斯，不出所料，他遇到了倒霉的事。他迷路了，一晚上都在乱走一气，没有找到一个认识的人，也没有发现一个他想停脚之处，最后他被一群人妖羞辱了。凯特拥抱了他。船已经开了，杰克才冲进浪里跳上了船。他不像加雷斯那样，但同样不出所料，他度过了妙不可言的一夜，回来只是为了当天的after-party[①]能保持好状态。

“维尼呢?”他问，“你们看见他了吗?”

“我最后一次看见他是几小时前，他告诉大家去‘挖战壕’，还大喊‘担架员’。”

“真的?”

“当然。”我说。我们不再说话了，也几乎不再留意马达的嘈杂声。水面如镜，天空染上了粉红色。世界是脆弱的，美妙的，好像才从一个没有做完的梦中醒来。

我们回到修习所，看见罗勃坐在酒吧里。有些人躺

① 指那些派对过后的活动，比如聚在一起喝喝酒，说说话，谈谈心。中文没有对应的译法，故保留英语原词。

在吊床上，迷迷糊糊地晃悠；还有些人在睡觉；另一些人——正如罗勃所说——“仍然下落不明”。

凯特回到我的茅屋。外面的空气越来越热，我们洗完澡后上了床。

“你的大脑什么感觉?”她问。

“空空的，”我说，“你呢?”

“满满的。”她说。

“满满的空?”

“是的。正是如此。”

醒来与睡着之间失去了界限。性事像是发生在一个长长的色情梦中间，梦醒之后，我发现凯特睡在我身边，在呼吸。

第二天我和凯特都要走了——各走各的。我去清迈；她飞曼谷，再从那里回到加利福尼亚。如果我们换过来，她去的是清迈，我飞的是加利福尼亚，那我会改变行程陪她去清迈或是别的什么地方。她要先走，坐早班船去苏梅岛。她起来收拾东西，又回到我的茅屋与我道别。我醒了，但没有下床。

“我爱你青春的肩膀。”她吻了吻我的嘴唇，走了。

我稍后也离开了。有些人仍待在这里，有些人已经走了，或是几天后离开；然而总有新人会来，一些像我一样举目无亲的游客，一周之内，他们就会遇见喜欢的人，像家人一样相处，和陌生人交上朋友，还有——假如他们运气好——会坠入情网。我走了，但我走向了别处，一个新的地方，也许我去的地方正是新来的人离开的地方。

我走进水里，举起我的帆布背包扔进长尾船，我爬了上去。几分钟后船就把我拉走了，绕过海湾驶向哈林海滩。没有风。天空晴朗，一片海蓝。

坐在小船上离开一个地方——波浪的动作，马达的声音：好像你把你的生活抛在了后面，而你也是你抛掉的生活的一部分，你的一部分被留在了那里。死亡的最佳状态，就是这样吧。一切都是记忆，一切正在发生，一切将要发生。那天清晨，凯特过来道别，她穿着一条裙子——后来我在简短的电子邮件里形容它是——格子棉布裙。

“马德拉斯布[①]，”她回信说，“不是格子棉布。是马德拉斯布。”

① 马德拉斯是印度东部城市，马德拉斯布指一种薄棉布，通常带有格子或条纹图案。

衰败与沉沦

在罗马的时候，我过着快乐的作家生活，每天基本上什么都不干，一件事都不干。或许这就是为什么对于住在附近的有抱负的作家来说，我是个充满诱惑力的榜样吧。更确切地说，我是尼克的榜样。这位年轻的美国人住在我对面，他从来没有读过我的作品，对他来说，我的名字没有任何意义。然而，他知道——从我这里知道——我是个作家，以写字为生。我们的阳台挨着，中间有一道不见阳光的裂缝，我们经常隔着它聊天。这种交流文学及文学生活的方式虽然不太方便，但是非常可爱。对闲散生活及大麻的共同热爱把我们这两个青年作家连在了一起，一个从来没有发表过作品，一个已经不那么年轻。尼克来自加利福尼亚，而我也迫不及待地让他知道我写了许多本书，只是它们根本不在摩洛大街的英文书店出售。他在罗马教英语——他就是这么谋生的——同时，他也在写一个短篇小说，也可能是一系列短篇小说。不过我或者其他任何人对这种系列都没有兴趣。

在《文明及其不满》[①]一书中，弗洛伊德曾将罗马的历史类比为“心灵领域的保留”（而我，则并不把它当成记忆）。当时，我正想围绕这个话题写点什么。在这座城市，连续不停的建设抹杀或掩盖了一切，除了早期建筑成就的“些微残留”之外。后来的这些建筑也都依次变成了废墟，淹没在“自文艺复兴以来近几个世纪飞速发展的大都市的杂乱”中。弗洛伊德曾让我们想象，罗马不是一个地方，而是“一个独立的精神个体，有着相似漫长而丰富的过往—— 一个个体，也就是说，在它身上，东西一旦被建立起来就不会消失，而先前所有的发展阶段都将与上一个并存”。比方说，在如今的圆形角斗场[②]所在地，“我们也可以同时欣赏已经消

① 《文明及其不满》（*Civilization and Its Discontents*）是奥地利著名精神病学家、精神分析学派心理学创始人弗洛伊德晚年的作品之一。

② 圆形角斗场（Colosseum）是古罗马时期最大的角斗场，建于公元72—82年间，现仅存遗迹位于现今罗马市的中心。

失的尼禄金殿[1]”，以及其他曾经出现在那里的建筑。

这些只是理论，就连我本人也不太确定它到底是什么意思。在实际生活中，它意味着，每个晚上——还有大多数早晨（以及某些下午）——我都会去圣卡利斯托，它是罗马最好的酒吧，或许是意大利，甚至是全世界最好的。圣卡利斯托是特拉斯提弗列区生活里的固定装置，很难想象没有它（或者它的顾客们）会是什么样子。大多数餐馆和度假胜地都喜欢标榜自己有多“高级”，但大多数世界上最好的地方都与“高级”截然相反——并且，没有别的地方会比圣卡利斯托更不高级了。它让监狱都显得很高级。并不是说无论什么样的人它都欢迎，而是，各种各样的人都已经在那里了。瘾君子、电影导演、记者、模特、收垃圾的、游客、醉汉、疯子、医生、已经倒闭的酒吧的侍者，最后都会出现在卡利斯托。有些人正是从那里才开始变成这样的人的。如果你想在那里遇见什么人，根本没必要刻意去安排：只要简单地假设他们在那里就行。我的大多数朋友都爱去圣卡利斯托；有些朋友我只在那里看见过。旅游旺季

① 尼禄金殿（Nero’s Golden House），古罗马宫殿，由皇帝尼禄在罗马大火后所建。宫殿建筑已无遗存。其价值在于体现了宏伟建筑的美学思想，成为在图密善、图拉真、哈德良等统治时期罗马建筑中帝国风格的特征。

的夜晚——从六月到八月中旬，从八月末到十月中旬——根本分不清它的桌子摆到哪里算完，旁边比萨店的桌子又是从哪里开始。停在那里的摩托车变成了餐椅，汽车变成了餐桌。在热浪之中，它上午的生意也很好，跟英国酒吧下午的生意一样火爆。也难怪那里的空气中都充满了欲望。虽然可能没有写入宪法，但妇女裸露手臂的权利无处不在张扬。我一边跟尼克那爱调情的朋友莫妮卡说着天气有多热，一边计算着，除了凉鞋，她身上只穿了两件衣服。而我只能看见其中一件——浅蓝色、无袖的裙子，我很好奇另外那一件是什么样子。

“我知道你在想什么。”她说。

“什么？”我说。

“你在想我的内裤。”

“你是怎么知道的？”

“很明显呀。”

“那我具体在想什么呢？”

“你在想我的内裤是白色的。”

“对。”

“是棉质的。”

“也对。”

“你还认为它很小。”

“是的，我就是这么想的。”我说，“那我想得对吗？”

莫妮卡没有回答，从她的小摩托车上滑下来，溜进了酒吧，剩下我自己在那里，胸口发紧，差点要倒下。如果这场对话能持续得久一些，我就会告诉莫妮卡我想拍的一部电影，一部有她在里面的电影。在我的脑海中，我能非常清楚地看到这部电影。它由白色圆柱与蓝色天空组成，在哈德良行宫[①]拍摄——傍晚的时候，在卢斯大街炽热的黄色围墙和阴影边拍摄。它会有一点德·基里科[②]的风格，还有些安东尼奥尼[③]的立体空间感，莫妮卡会漫步于其中，像霍普·萨多沃[④]的一首歌。我想给它起名叫《古迹的意义》。一个月前，我还买了一部二手超级8毫米摄影机，准备开始拍摄。

摄影机买来后，我只把它从它结实的皮箱里拿出来过一次（胡乱地调过一次焦点和焦距），然后就再也不

---

① 哈德良行宫（Hadrian's Villa），古罗马的大型皇家花园，是罗马帝国的皇帝哈德良为自己营造的一座人间伊甸园。

② 乔治·德·基里科（Giorgio de Chirico，1888—1978），意大利超现实画派大师，是形而上派艺术运动的始创人。

③ 安东尼奥尼（Michelangelo Antonioni，1912—2007），意大利电影导演，代表作品有《奇遇》《放大》《扎布里斯基角》等。

④ 霍普·萨多沃（Hope Sandoval，1966—　），来自美国洛杉矶的具有二十年跨度的音乐艺人，主要作品有《她散发着迷人的思绪》（*She Hangs Brightly*）以及《所以今夜我或许能见》（*So Tonight That I Might See*）。

打算这么做了。我甚至没有买胶卷。使用说明非常复杂，而且我知道，在我拍摄电影的雄心壮志和实现它的技术方法之间，肯定有着令人沮丧的落差。我还有一个迷信的想法：如果我学会了怎么使用这部摄影机并拍了一部电影，我下半辈子就只能是个作家了，比现在还要糟糕。我对尼克（他也喜欢拍电影这个想法）解释说，我可以把事情整合起来写个剧本，但我在电影拍摄方面的理念会妨碍剧本实际呈现出来的效果。它还会打消拍电影的念头。这并不能阻止我和尼克在圣卡利斯托像电影人一样聊得热火朝天，仿佛我们已经制作出许多有名的电影并且还有一些正在拍摄当中。

“长镜头，”我说，“让沉默也成了一种对话形式，它本身变成了一个角色——这是你早期作品的特点，但最近你好像喜欢用更快速、更让人听得见的视觉效果。”

“我觉得你说得很对。”尼克说，“沉默还在那里，但我希望人们更认真地观看，去发现它、听见它。”

“你知道我喜欢做什么吗？回到最基本的地方。远离制片效果。不要演员，不要剧本，只拍一些片段。你知道吗，只有我和摄影机——”

“胶卷——”

“正是如此。”我说道。我们碰了碰杯，纯粹的电影观念让我们有遇到知音的感觉。

虽然我再也没有把超级8毫米摄影机拿出来，也没有买胶卷，我还是会经常觉得，要是把它带在身边就好了，因为在罗马处处可以看到电影。电影院里没有值得一看的电影——所有值得一看的电影都有意大利语的配音，所以就不值得一看了——但是街道上充满了电影。在科索大街上，军乐队和游行队伍让交通陷入了停顿；有时候甚至连游行队伍也停了下来，而军乐队仍在表演。女孩们表演着阅兵式那一套，热情奔放地踢着腿，她们的热烈弥补了步调的不一致。其中一位队长尤其漂亮，我看到一个年轻人紧紧地盯着她看。他的目光一寸都不肯离开她。这期间他一直在吃一支粉色冰激凌。天气非常热。他一舔，冰激凌就往下滴。她继续跳，他舔着滴滴答答的冰激凌。这场面真是色情得难以置信，不过这家伙一脸严肃——她又那么刻意地忽视他——好像他实际上，**真的只是在吃冰激凌**。它简直是一流的：罗马生活的自然场景像电影中的一幕。电影的名字？就叫“在罗马”吧。

罗马人的一生都在为一出持续的悲喜剧试镜。就拿这个年轻的女人来说吧——她顶多十七岁，被抓住骑着黄蜂牌小型摩托车在路上逆行。大家都那么干，只有她被警察抓住，被勒令停在路边。他穿一件熨得极其平整的蓝衬衫，摩托车高筒靴，还戴着一副飞行员墨镜。在那副墨镜上，她可以看到自己的影子，也可以看到群众演员们站着看热闹的样子。她穿一件黄色的背心裙。她的腿和胳膊都裸露着，晒成了棕褐色。警察让她出示证件，她又拿不出来。双重危险啊！她请求原谅。他不肯宽恕。这是男人与女人的对峙，制服与美裙的对峙。他要处罚她违反交通规则。她先是哀求，接着卖弄风情，最后哭了起来。那些眼泪可能是鳄鱼的眼泪，却也是真实的：真实的鳄鱼的眼泪。最后他放她走了。为什么？部分原因是这是一个天主教国家（宽恕！救赎！），主要还是因为她把自己的角色演得如此好（因此，也让他演得很好）。她通过了试镜。他们都是罗马电影生活秀中的明星。

还有一次，我骑着车在迪斯达奥球场附近转悠，看到了一起交通事故。一辆黄蜂牌小摩托车躺在路中央。路上撒满了碎玻璃。一个年轻的女人躺在旁边，身上盖着一张毛毯，人们围在她身边。路面还有一些血迹。那场面糟糕极了——但那只是一场电影。我的意思是真正的电影，有摄影机、灯光和拍摄剧组的电影。过了一会儿，受害者站了起来，他们又重新演了一次。看到它不是真的，事故并没有真正发生，我松了一口气，因为在这里，碰撞、受伤和死亡都是非常有可能的。罗马人认为骑小摩托车一点也不危险，但整个城市里到处是跛子和瘸子，腿上打着石膏，胳膊上挂着绷带。有一天早晨，我隔壁烟草店的女人露面时，一只眼睛乌青，一边脸上很多擦伤，一只胳膊上还缠了厚厚的绷带。

“出什么事了？”我问。

“摩托车事故。”她说道，俨然一副把受伤和痛苦当作家常便饭的口吻。鹅卵石铺就的道路湿滑，容易下陷，争抢的车辆稍有不慎，就会发生致命的事故。我经常在下午的时候骑着我的小摩托车出去转悠，每次回来的时候，都会庆幸自己还完好无损。如果不是南尼·莫莱蒂[①]已经做过了，我肯定也会拍一部电影，记录下这些可怕、刺激的罗马城区之旅，背景音乐是加雷特的《科隆音乐会》[②]唱片。在罗马，你永远不知道下一秒会看到什么，但你总会看到些什么，哪怕只是三个男人往一栋十六世纪意大利风格的建筑屋顶上装四人座的沙发，或者“多么大的惊喜啊！”——莫妮卡正坐在她的黄蜂牌小摩托车上等红灯。我没骑车，无所事事地闲逛着；她正要去圣洛伦佐一家叫作迪斯福的唱片店。我想跟她一起去吗，坐她的车？

“当然。”我说。

---

① 南尼·莫莱蒂（Nanni Moretti，1953—　），意大利著名导演、演员。

② 凯思·加雷特（Keith Jarrett，1945—　），美国最为杰出的钢琴家及作曲家，世界顶级爵士钢琴演奏大师。

“上来吧。”她说道。莫妮卡是罗马人，她开得比我快得多。整个城市在一连串的有惊无险之中被我们飞快地抛在后面。当然，我们没有戴头盔。我紧紧地靠在她背后，抱住她的腰。我的手没有向上摸她的乳房。我的手停在她的髋骨上，透过她的皮肤和裙子，我能够很明显地摸到她的髋骨。

除了冒着受伤、被撞死及被人诱惑的风险待在小摩托车上，除了在圣卡利斯托消磨时光，我几乎没做什么别的。有一天晚上，我跟尼克一起去看了露天电影，德·西卡[①]的《偷自行车的人》。我们俩都没有看过这部新现实主义名作，看了之后我们都很失望。

“如果那么想表达现实，为什么他不干脆锁上自行车?”尼克后来在卡利斯托说。

早晨，我穿过庞特西斯特酒店，去鲜花广场买樱桃番茄和樱桃口味的樱桃。偶尔我也会在那里买本杂志。广场中央戴着头巾的乔尔丹诺·布鲁诺[②]雕像——因为

---

① 维托里奥·德·西卡（Vittorio De Sica，1902—1974），意大利著名导演、演员，代表作《偷自行车的人》。

② 布鲁诺（Giordano Bruno，1548—1600），意大利思想家、自然科学家、哲学家和文学家，捍卫和发展了哥白尼的太阳中心说，最后被宗教裁判所判为“异端”烧死在罗马鲜花广场。主要著作有《论无限宇宙和世界》《诺亚方舟》。

支持哥白尼的理论被烧死——站在热浪之中沉思。它的拉丁铭文里包括“屁股”这个词。我以此推断，这篇铭文总的来说是在解释，这就是布鲁诺的屁股被烧掉的地方。午餐后，摊位都收拾停业，被踩踏的垃圾都被运走之后，鲜花广场变得荒凉，空荡荡的，但是到了晚上它就会像孟买一样拥挤——当然不像孟买那样人多，但肯定像圣卡利斯托一样拥挤，像罗马的其他任何地方一样拥挤。

从七月进入八月，城里的人开始慢慢减少。很多地方都关门了；之前有商品展出的地方，现在门窗紧闭，只有一张标签说明商店放假关门。每一天都有商店、餐馆、市场关门。每一天都有朋友去度假。每天下午，我都在跟朋友们道别，在他们离开之前在圣卡利斯托喝咖啡，自己明明没有度假计划，还要佯装勇敢（“总得有人留守啊。”我说）。除了尼克，我认识的人都离开了。每一天，这个城市都变得更炎热、更空荡、更安静。大街小巷都被笼罩在一种日食的阴影之下：大白天也像门窗紧闭的晚上一样。午间的昏沉开始持续一整天，一整个礼拜。八月，“钟摆停顿之月”。我也停顿了，哪儿也不去。

游客们陆续到来，但他们不是真正的占领部队。他们的行程很紧，时刻变换方位，还经常成群结队地奔向鸽子最常光顾的地方：圣彼得广场、西班牙阶梯、纳沃那广场、卡比多利欧广场。在卡比多利欧广场，一对德国夫妇让尼克帮他们在马可·奥勒留[①]和他的马前拍照。他很自然地答应了。他们流露出来的感谢，在这个鼠标时代似乎有些夸张。或许只是因为迷幻药起反应了。我是不是忘了说我们在一个半小时之前吃了几片LSD[②]的微型药片。那好吧，如果我忘记说了，那我们的确吃了。这也是我所谓的麦角酸酰二乙胺考古学研究的一部分：用LSD抹去这期间的岁月，直接抵达过往。不管怎样，它只是一种方式，消磨这度日如年的时光。像许多加州人一样，尼克是一个在旅行中非常容易相处的人。如果我想让这次旅程“像皮拉内西[③]的版画一样触动心灵”，和他在一起就对了。尽管马可·奥勒留的嘴唇没有动弹，我们还是觉得他——而不是他的马——在说：“今天你们祈祷想要得到的东西都能得到，如果你们自己不拒绝的话。”罗马士兵们——三个——既不

---

① 马可·奥勒留（Marcus Aurelius，121—180），161—180年间在位的罗马皇帝。在位期间主要忙于抗击入侵的日耳曼部落，其警句集回忆录《沉思录》表明了他的哲学。

② LSD（麦角酸酰二乙胺），是一种半合成致幻剂药品，极易上瘾，极端危险。

③ 乔瓦尼·巴蒂斯塔·皮拉内西（Giocanni Battista Piranesi，1720—1778），十八世纪意大利艺术家。

是真的，也不是幻觉中的，只是给游客拍照的道具，在照相的空隙中，他们时不时还抽根烟。

在罗马广场残迹之间游荡的人们——在卡比多利欧广场之后，我们去了那里——不是图拉真或尼禄的鬼魂，而是十八世纪游客的灵魂。他们仰头观看提图斯凯旋门，敬畏于古迹的宏伟。圆形角斗场就好像“猫和老鼠”牌奶酪做成的古代旋转圆台——或者从远处看去，它分明就是。在圆形角斗场里面，甚至能感觉到它的石头也在呼吸，知道矿石也有生命，这种感觉很好。污迹斑斑的石块像有生命一般脉动、颤抖，像一只被人爱抚的小动物一样温暖、生机勃勃。在那几分钟之内，一切皆有可能。我能触摸到石块中心——祈祷发生或结束的地方——的静止。祈祷通常都是相同的：让我摆脱时光的侵蚀，像这块睡石一样，对时光的流逝无所动容吧。古典遗址体态优美的雕像回应了这个祈祷：被静止地保存在石头之中，活在已经死去的岁月之中。

这可能就是为什么我们又回到卡比多利欧广场看君士坦丁塑像残片。他的头呈现出一种肿胀的蓝色，他的右手指向天空，他的脚——沾满烟尘的白脚——每只都比常人要大得多。很难想象，这些碎片曾经拼凑出一个闪闪发光的人，更令人难以置信的是，它们曾经是由人雕刻而成；它们更像是地壳的巨变而形成的，就好像冰河与山川那般。有人正坐在这些巨大的碎片旁边，双手抱头，虽然被这遗迹的宏伟壮观震住了。我过了好一会儿才意识到，坐在那里的那个人其实是我。我不仅仅是被震住了：我还想进入到雕像的死寂时空，透过他们没有瞳孔的眼睛，从他们的角度（日夜不分，几个世纪像几个小时一样一闪而过）去看事情。除此之外，我没有别的事情可做。或许我曾经做到了，在一瞬间。尼克拍了一张我坐在那里被古迹震慑的照片。照片洗出来了，却很难在上面找到我：模糊，像鬼魂一样透明、无常。

越来越多的地方关门，圣卡利斯托却依旧营业——感谢上帝。我和十几个人一起坐在外面，还有一群流浪的猫狗，挤在一道斜影里面，感觉已经被人遗忘。其中一个人就是尼克。我们聊起过去，我们的事业，镜头和角度，没完没了的锅碗瓢盆，新现实主义对他的作品姗姗来迟的影响，电影《意大利任务》对我的作品的影响。我想到了《古迹的意义》，这部我没有拍的电影，特别是哈德良行宫的那一系列镜头。我们四人——尼克、我、莫妮卡和她的朋友克里斯蒂娜——开着克里斯蒂娜的车前往提沃利[1]，将罗马抛在脑后，弯弯曲曲的意大利高速公路让我想起旧金山，想起从101号高速公路上看过去的风景。我们在一大片空地之间穿行。没有人带地图，我们甚至不知道自己看到的究竟是什么：雕像环绕并护卫着浴池，碧波映照着蓝绿色的天空和白色的圆柱，一座无头的塑像，一只享受日光浴的石头鳄鱼，还有蟋蟀的叫声。

某一刻，我和莫妮卡发现我们独自站在维纳斯神庙的一小堆残迹之前。很难相信，过去存在于这里的这些东西曾经被人试图围起来，不让世人看见，变成内部风景；相反，这座神庙的目的仿佛就是让人去注意它所表现的一切，去圈住那片热烈的渐行渐远的风景。我们吃了从罗马鲜花广场买来的无花果。莫妮卡穿着有趣的T恤——上面印着 “我爱做坏事”——还有宽松的休闲裤。在这两件衣服中间，我能看到她晒成棕褐色的小腹，她的肚脐上还吊着一枚银环。她的头发像影子一样黑。我看着她吃无花果，自己也一边吃着。我强烈地体会到劳伦斯的诗句，还有电影《恋爱中的女人》中的场景：阿兰·贝茨扮演的伯金引用这首诗的场景。这种体

① 提沃利（Tivoli），意大利中部城市，位于罗马东北偏东方向，现有几个古代罗马别墅的遗址，也以其瀑布出名。

会的表达满是引号。莫妮卡嘴里嚼着一个无花果，还不停地往嘴里塞。

“你的无花果味道怎么样？”她说。

我说这是我吃过的最甜的无花果。

“湿吗？”莫妮卡问。

“是的，非常湿。”

“多汁吗？”

“又湿又多汁。”我说道。她舔了舔手指头，舔掉手指头上的果汁。我也学着她舔了舔手指头，还在短裤上擦了擦手。我们头顶的天空让两千年前看起来仿佛昨日，昨日又像今日，正如今日也会像明日一般。与天空相对的是白色的柱子，雉堞状，破旧不堪。一片云朵飘了过来，停住不动。四处是蜜蜂的嗡嗡声，没有风，树也静止不动。我们都感受到古迹的魔力，它的明晰与强大。所以，几分钟之后，莫妮卡说：“我是在利比亚出生的。”

“是吗？”我说。

“是的，”她说，“在的黎波里。我会给你看照片的。我有些那里的古罗马遗址的照片。”

“我很想看看。”我说。

像这样的多事之秋很快就成了记忆；或许它们连记忆都算不上，更像是一个梦。可做的事情越来越少，或许是因为我的精力越来越少。我越来越做不成事情，或许是因为并没有什么需要做成的事情。在那之前，我从来不知道一天可以那样空闲。我越来越意识到独居的状态，每天早晨看到的每一样东西都还在昨晚我放置的地方。电话要不就是坏了；要不就再没有兴趣响起。我一次又一次地拨一个或两个数字——不是为了打电话，只是确认一下它是不是好的。空调可能会有帮助，但现在用也已经晚了。那段时间，我开始对弗兰克·奥哈拉[①]的"我做这个，我做那个"这种诗感兴趣，还曾想过发起一场反对运动，写一些"我没做这个，我没做那个"的诗句。当然，我没做这个，这是意料之中的。那么我**做**了什么呢？我做了很多**梦**，这些梦有着我从未经历过的那种烘干机般的明亮。我想可能是光线的原因吧。天空是那么的明亮，1867年龚古尔兄弟[②]在这里的时候，甚至会怀念阴天。整个白天，我的眼睛和脑袋充满了大量的阳光，我的大脑消化不了，它超负荷地运转，在我睡觉的时候，混乱及明亮的梦境也是消化过多色彩及多

① 弗兰克·奥哈拉（Fank O'Hara，1926—1966），纽约派重要诗人，其诗采用口语及开放式的结构，开创了反文雅反高贵的诗风，影响很大。

② Edmond de Goncourt（1822—1896）和 Jules de Goncourt（1830—1870），法国小说家和评论家，兄弟俩合作从事艺术批评、现实主义小说和社会史的写作；哥哥在其遗嘱中捐款成立龚古尔学会，每年颁发龚古尔奖金。

余光线的方式。这是一个解释，我也不需要其他的了。

“我曾经想把我的梦拍成电影。”我对尼克说，“现在，我很满足于梦见我的电影。”

“你认为梦比电影好?”尼克问道。

“是的，”我说，“你知道为什么吗?”

“就算你沉睡不醒，其实也没什么区别?”

“嗯哼，对的。”我说。

“我抢走了你远航的风[①]，不是吗?”杰克说。

“如果有风的话，那就算是吧。”

这里像非洲一样热，静止、死寂，就像多年的干旱烤焦了泥土，天空好像也烤焦了所有的生命。天上没有一片云彩，仿佛一百里之内没有一片云彩敢靠近。太阳可不会让步。我期待那些时刻——每天两到三次——一阵微风轻轻溜进公寓，让人能稍微喘口气。否则，打破这一潭死水的生活的唯一办法就是，骑小摩托车在太阳炙烤的城市中闲逛，希望能偶遇莫妮卡。我骑上贾尼科洛山[②]，俯瞰整个城市，看着它被炙烤的屋顶，还有干燥的如耶路撒冷的一切。山顶上非常安静。蟋蟀也早

---

① 原文是knocked the wind out of your sails，意译是我打败你了。

② 贾尼科洛山（Janiculum），是罗马的第二高山丘，位于罗马西部。

都收拾好了行囊，外出度假。日子就这样不知不觉地一天天过去。我说得这么肯定，是因为八月节[①]，8月15日，终于到了。零星还营业的地方也关门了。城里的情形跟遭遇了地震正好相反。没有东西移动，也没有什么事情可做。完全没有。一切都停止了。就连时间也停止了。路上没有车辆，没有商店，没有行人，没有时间。只有我，还有史诗般的太阳，它一点去别的地方的意思都没有。我什么也买不到，因此心里充满了极度的渴望——对朋友、樱桃、比萨，还有对在这场太阳与静止的围局之中所有得不到的东西的渴望。所有人都走了。就连尼克也走了。到处都看不到莫妮卡，看不到任何人，除了我。如果有人来参观的话，就只能看到我了。

我抱着一袋薯片，穿过朗格塔维尔酒店，没有看一眼红灯。从庞特西斯特酒店看过去，提伯河都不再流动了。一切都静止不动，除了影子，大部分还都在室内。我穿过法尔内塞广场，来到鲜花广场和伊曼纽尔大道。

---

① 八月节（Ferragosto），意大利的夏假，又叫圣母升天日。这一宗教节日在夏季过半时庆祝，这也是意大利人举国放松游玩的时刻。每年8月15日往后的一段日子里，热爱生活的意大利人，无论是拥有小铺子的小商贩，还是平日里坐在大公司落地窗边的巨商，都会趁着这节日好好周游一番，这就是八月节的独特之处。

到处都没有车辆，让我产生一股冲动，想要坐进车里，开到某个地方。不过去哪里呢？我唯一真正想去的地方就是罗马，而我现在已经在罗马了。我朝着卡比多利欧广场和罗马广场的方向走去，被太阳炙烤成粉末，我对自己的存在感到难以置信，胡乱想着——**如果一棵树在森林里倒下，周围的树却没有看到它，也没有听到它，那它真的倒下了吗？**——这种事情。尽管在我的内心深处，我对其他事情并没有这样的怀疑。我朝卡比多利欧广场走去，它就在那里。我坐在神殿的废墟中沉思，发现写一本关于古迹的书仿佛是一件不可能完成的任务。这个发现并没有自己显露出来。然而，我早就预感，完成这样一本书的希望迟早有一天会落入我这片废墟之中。我已经漂泊多年，而现在——就像我们在哈德良行宫上方看到的那片孤单的云彩一样——我从漂泊变成了静止。或许当时我没有承认这一点——如果那个下午是一个转折点的话，那么我则像处在这种时刻的多数人一样，没有转过身来——在某种程度上，我知道我一直在拿自己开玩笑：早年的抱负与学业训练早已被半心半意的药物滥用、懒散与失望消耗殆尽；我没有目标与方向，比起二十岁甚至三十岁的时候，我更加不知道自己想从生活中得到什么；我本人马上就要变成废墟，对我来说，其实也不错。

装饰艺术的绝望

我唯一一次见到尸体，是在南海滩，在装饰艺术区的中心。可能在那里看到了尸体这件事，极大影响了我对装饰艺术的看法；也有可能是装饰艺术极大影响了我对尸体的看法。我觉得，这两者之间肯定是有联系的。

我们从无聊的拿骚[1]飞到迈阿密，再搭汽车到南海滩。那是一个星期天，大街上挤满了游客，不过找酒店倒是不难，因为来这里度过周末的游客已经退房了。我们入住了装饰艺术区中心柯林斯大街上的海浪酒店，这地方看上去很漂亮。我知道，这么说没有什么意义。毕竟，装饰艺术嘛，就是说看上去很漂亮，或者更确切地说，实际没有看上去的那么漂亮。比方说，我们的房间

---

① 拿骚（Nassau），巴哈马首都。

就没有酒店外表那么漂亮，不过还是挺好看的。装饰艺术风格的灯罩让装饰艺术风格的床单沐浴在装饰艺术风格的琥珀色光晕中。我们把窗帘拉开，装饰艺术的魔力瞬间被破坏了。窗户破破烂烂，满是灰尘，阳光透过扬尘照了进来，地毯上显现出一大片水渍，从浴室墙根下几乎蔓延到了房间中央。一只老鼠穿过潮湿的地毯，尖叫着，费劲地钻进狭小而破旧的浴室的壁脚板。迷糊站在椅子上，不带一丝感情地说："啊！老鼠！"

"我来处理。"我说。

"你是说你会去要求房费打折吗？"

"正是。"

我出去找前台那个扎着马尾辫的小伙子，问他我们可不可以换个房间，因为有只老鼠在我们房间，就在我们现在住的房间，我们想要一个没有老鼠的房间，或者，如果没有空房间的话——

"欢迎来到热带。"他说。他没有耸肩，没有必要，他的声调已经"耸"了。我们恰恰是刚从热带过来，却没有看见一只老鼠。所以我说："这里不是热带。"我是不在意老鼠，我接着说，不过我女朋友可"吓坏了"。

"吓坏了？"

"是啊，吓坏了。她吓得'啊！啊！'地叫。"

"请便吧，"他说，并递给我一楼一个房间的钥匙，

“看看那个房间。”

房间还不错，回来的时候我说，只是还没收拾好。然后他提出可以给我们升级到一个大一点的房间，15号，如果我没记错的话。15号也蛮好，但有人在里面抽过烟，我解释道，闻上去全是烟味。

“试试13号。”他说道，又递给我一把钥匙。我开始想，到底有多少个房间住着人。结果，13号房间里—— 一个女人，我猜是法国人，正坐在马桶上。这下他可真为难了。根据电脑显示，13号房间绝对没有人住，但他还是建议我再试试6号。6号房间是空的，没有老鼠，没有烟味，已经收拾好了，没有预订，实际上比我们刚才那间好。房间升级跟打折一样是优惠了。好吧，我说。同时，他还是派人上去到13号房间看一下，结果里面没人。

“你肯定去错房间了。”他说。

“那为什么我能打开门呢?”我反驳道。

“有些钥匙能打开好几个房间。”

“哦。”我们把行李搬进6号房间后就出去散步了，去买水果冰沙，去亲身体验装饰艺术。虽然刚刚才在一家装饰艺术酒店入住，我们还是走走停停，看看能不能找到更好的。我们不停地比较价格和质量（“性价比”，我说）。还有几家酒店可以选择，但总的来说，我们住进的那家性价比相当好。

“我们可以有更好的选择，”我总结说，“不过现在住的这家也不是最差的。显然，我们可以多花点钱，住好点的地方。”

“或者少花点钱，住差点的地方。”

“我们还没找到一个更贵还更差的地方。”

“我们真的要找那样的地方吗？”

“从某种意义上来说，是的。为了心理平衡。”

“找更贵更差的地方时，也有可能会找到更便宜更好的地方。”

“那心里永远不可能平衡了。”

“那么，或许我们不应该再看别的酒店了。”

只是，你来南海滩就是来做这个的：看酒店。酒店——装饰艺术风格的酒店——就是景点。事实上，体验装饰艺术，就是体验酒店。想看酒店的副作用之一就是，你得待在酒店里。在一个有着那么多酒店的地方，居民就是游客，居民就是这些出门在外的人。所以，我们继续看酒店，只是不再询问空房间和价格，除了在美人鱼宾馆，它比海浪酒店稍微贵一点，却可爱很多。南海滩大部分建筑的风格其实是装饰艺术的衍生或变种，被叫作“热带装饰风格”；而美人鱼宾馆则进一步延伸了这种倾向，少了一点“装饰”，多了一点“热带”。我们都希望能住在这里——刚从没有老鼠的热带回来，我们还想再延续一下这热带之旅——不过既然已经入住了海浪酒店，迷糊说，为打翻的牛奶哭泣是没有用的。

在美人鱼宾馆之后，我们再没有打听其他酒店的空房间和价格。我们没有问过滨海大道上的维克酒店，因为这栋巨大的、闪闪发光的白色建筑物是空的：空荡荡的，好像一片废弃之地，实际上，如果说住宿只是装饰艺术酒店的附加用途而已，那么这里还真的是一片纯净之地。酒店的窗户宽大，粉刷得当，看上去就像，迷糊说："就像瑞秋·怀特里德[①]的风格用在了房子上。"

沿着滨海大道，再往前一点，过来了一个戴着遮光镜的小伙子，他问迷糊的辫子是在哪里编的。迷糊告诉他是在巴哈马的猫岛。其实他是帮女朋友问的，一位金发碧眼的俄国美女。他自己则是古巴黑人。他们是一对时髦的情侣，却也是长久以来政治联盟的产物。他们请我们帮忙在一栋房子前面拍照——实际上，那是一栋别墅——我们站在它前面。

"你知道这是什么房子吗？"古巴人问。

---

① 瑞秋·怀特里德（Rachel Whiteread，1963— ），英国雕塑艺术家，擅用石膏、树脂和橡胶直接在日常用品实体周围的空间（包括这些用品的周围和内部）进行雕塑创作。

“不知道。”

“范思哲的别墅。”他说，“这里就是他被枪杀的地方。”

迷糊把相机还给他们，他们走开了。我仔细地看着没有血迹的人行道。迷糊说：“这里就是他被枪杀的地方。”

“是的，”我说，“这里就是他被枪杀的地方。”

“你还记得他被枪杀的那天晚上你在做什么吗？”

“每天都有人被枪杀，”我说，“我不记得了。那你又在做什么呢？”

“什么时候？”

“他被枪杀的那天晚上。”

“谁？”

“具体来说，是范思哲，其实是每一个被枪杀的人啦。”

“马尔克姆·X[①]就是被枪杀的，不是吗，亲爱的？”

“是的，虽然他不像时装设计师那样有名。”

“但他戴过的那些眼镜变得很流行。好多人都戴。你还有一副呢，不是吗，亲爱的？”

---

① 马尔克姆·X（Malcolm X，1925—1965），美国伊斯兰教教士、黑人民权运动领导人物之一。

“是的。而且你知道怪在哪儿吗?”

“哪儿?”

“它们都是由范思哲设计的。”

“那可真是太可怕了。”

就在我们聊这些的时候，很多人在范思哲被枪杀的地方照相。我就是其中之一：迷糊用我们在拿骚买的一次性相机给我照了一张相。直到这时，我们才发觉自己和这个地方是多么难舍难分，这个人们不停照相的地方，这个范思哲被枪杀的地方。

该走了，迷糊提议说，去吃水果冰沙解解渴。我们舔着水果冰沙——我的冰沙上面还有蛋白粉——我们坐在海边的一堵墙上，我还为一篇关于装饰艺术的论文做了笔记。

我写道：

说装饰艺术的表象后面是一片破败，其实并不准确：因为装饰艺术就是表象。装饰艺术是最为一目了然的建筑风格，似乎完全是用来看的——五颜六色的！——而不是用来住人的。当然，装饰艺术风格的建筑都会有人住，然而，看外面，它们非常与众不同，里面却很一般。不过这也正是为什么装饰艺术风格如此诱人。

我在伦敦布里克斯顿的公寓街区住过，从二十世纪八十年代早期开始，那里实际上就是装饰艺术风格的实用朴素版，没有装饰陷阱——没有那些可以使之称为装饰艺术的东西。这些东西几乎不用费多大力气，只需要很少的钱就可以添上，那个街区就可以摇身一变成为装饰艺术风格的街区，然后也会像南海滩一样养眼。公寓本身还是老样子——但是住在布里克斯顿的装饰艺术区，而不是破旧的公寓街区，这种感觉多么好呀。我们甚至可以叫它布里克斯顿的南海滩。

已是黄昏时分。看腻了沙子，我们开始走回酒店。午后阳光下惨白的霓虹灯——紫色，闪耀，绿色——也逐渐显露出来。天空变得像墨汁一样黑沉。

我们回到海浪酒店才发现，不只是我们换了房间，老鼠也换了房间，藏在我们房间的废纸篓里吃晚餐。我们更愿意相信还是原来那只老鼠，我说，这样总好过承认这家酒店其实是个“害兽遍布”的硕鼠洞。

“你可不能叫它硕鼠洞。”迷糊说。

“为什么不能？”

“因为小老鼠不是硕鼠。”

“但小老鼠是害兽，不是吗？”

“我不知道害兽是什么。”

“小老鼠和硕鼠就是害兽。”

“那你是害兽吗，亲爱的?”

“因为硕鼠和小老鼠都是害兽，从某种意义上来说，小老鼠也是硕鼠的一种。”

“那我是害兽吗，亲爱的?”

“所以，从逻辑上来说，把一个到处都是小老鼠的地方称作‘硕鼠洞’是非常准确的。”

“是一个硕鼠洞吧，不是吗，亲爱的?”

那天晚上，我醒来好几次，听见沙沙声和窸窸窣窣的声音。第二天早上，空床上有一些老鼠屎，老鼠还把迷糊的化妆包啃坏了。

“你看，”她举着同样被啃坏的巴哈马旅行指南说，“它不是被咬的，而是被嚼烂了。”

“你觉得它会吃我的电脑吗?”我说。

“我担心它会来吃**我们**。”

出门前，我们把行李都堆在衣柜里面的高架子上，放到了人都够不到的地方，所以老鼠要是想吃它们会更难。

“老鼠在威胁我们，不是吗?”在用一把可能打开其他房间的钥匙锁门的时候，迷糊说道。

“确实是。”

“它在蚕食我们的自尊。”

吃早饭时，天气已经热得跟什么似的。天空一片湛蓝。我花七美元在一个古巴理发师那儿剪了个头发。他一边干活一边唱歌，几乎不注意手上的活儿——给我理发。在林肯大道的一家小书店里，迷糊买了一本琼·狄迪恩[①]写的《迈阿密》，似乎是一个非常明智的选择。阳光在墙壁和街道上跳跃。虽然我们俩都对车不感兴趣，但这里还是有很多有意思的车值得一看。迷糊冷不丁地问我，如果她一头撞到其中一辆车子上去，我会怎么办。我说我不知道，不过我的一贯原则是不插手。我们走进唱片店和服装店，还拿了在我们到这儿的前一天举办的迷幻派对的传单。每家服装店播放的都是迷幻舞曲，我们却找不到一件想要的衣服，也没发现一个能去的派对。我们真的只是随便逛逛，看看酒店和传单，买水果冰沙吃，过着装饰艺术风格的日子。然后，一个顶着一头乱发、眼睛脏污的骗子上来搭讪。

“你们会说英语吗？”他想知道。

“说得很好。”我说。

---

① 琼·狄迪恩（Joan Didion，1934—　），美国随笔作家、小说家，她的文风以强烈的情感为特点，给人以一种落叶无根的感觉，表现出超然世外的态度。此外，她还把对社会的审视和个人忏悔融合进了作品中。

“你们能帮我个忙吗?”

“当然不能。”我说。他看上去垂头丧气了一会儿。接着他就走开了，甚至没有留下一句“操你妈”。这算是我这辈子最划算的交易了。他可能就是我们期待的复活的基督。

还有什么别的?我们看了会儿沙滩排球，迷糊借了一个男人的冰刀——她的脚特别大——滑了一会儿冰。其实她没有开口，是他主动借给她的。他大口喝着纸盒里的脱脂牛奶，我就坐在那儿跟他聊天，我们看着迷糊穿着他的冰刀滑行和旋转。之后迷糊想回酒店，因为天气太热，她快要中暑了。我把她送回海浪酒店，自己又出来闲逛。

在我四处闲逛的时候，我开始觉得，一家GAP专卖店好像被设计成了一条装饰主义风格的鲸鱼，或是别的什么鱼。一扇窗户是鱼的眼睛，另外三扇是鱼的牙齿，甚至还有鱼鳍和鳃。我盯着它看了一会儿，不知道是不是因为热昏了头才会这么说。说到谈话，我想迷糊要是在这儿就好了，这样我们就能来一场关于鲸鱼的谈话，谈谈它到底是不是鱼。

再往前，街道的一边被黄黑胶带封锁起来：请勿穿越警戒线。旁边围了一大群人，我也挤在里面。肯定发生了什么事情。从我们围着问个不停的样子，你就能感觉到这里肯定发生了什么事情。有一辆救护车和好几辆警车。摄影师正在拍照，就站在……尸体上方！说是尸体，其实我只看到了他的双脚，穿着脏兮兮的白袜子。尸体的其余部分都被灌木丛挡住了。

“发生什么事了？”我问旁边的家伙。他的胳膊上有一个洗衣机的文身。

“自杀。”

“天哪。”

“一个七十二岁的女人跳楼了。”

“妈的。嘿，对了，我喜欢你的文身。”

“谢了。”

“这是什么特别的洗衣机吗？”

“噢，只是普通的吧，我猜。”

“她是从哪层跳下来的？”

“十四楼。”

“所以，也就是说，是十三楼和十五楼之间那一层，对吧？”我说。我开始从英国的地面一楼往上数，但是很快就数不清了。这还真有点复杂，因为美国的地面一楼就是一楼，而英国被称为一楼的在美国就是二楼，以此类推。十四楼可能在整栋楼的三分之二高处。

“这是常事。”胳膊上有洗衣机文身的家伙说道。

“是吗？”

“因为炎热。”

“什么?”

“让人发疯。”

“什么让人发疯?”

“炎热。”

“对,”我说,“我能想象。”但我又想到,罗马和迈阿密一样热,那儿的人可不会从十四楼的阳台上跳下来。

“让人发疯。”他重复了一遍。

“也许是装饰艺术引发了一种绝望的情绪。”我说,“有这可能吗?”

“什么都有可能。”他说。对面的路上,摄影师还在对尸体拍照。实际上,整个场面看上去就好像尼克·怀普林顿[1]对尸体的摆拍照片。之前,我从来没有见过尸体,而现在我正看着一具,或者说,正看着一双袜子。不知道算不算。或许要看到脑浆四射的脑袋、血淋淋的脸,才能算看过尸体,但我能看到的只有死去女人的脏兮兮的白袜子,而她的尸体一会儿就会被装进尸袋。

回到酒店,迷糊在床上睡着了,并没有被老鼠吃

① 尼克·怀普林顿(Nick Waplington ,1965—),英国摄影大师、艺术家。

掉。我不得不承认，其实这里不止一只老鼠，我进屋时好几只老鼠飞快地蹿走了。我在破旧的浴室里冲了个澡，然后给迷糊讲了那个女人的事。她十分同情我，安慰我说，虽然我只看到她的袜子，那也算数：我也能说我看过尸体了。

那天晚上，我们又在前一天晚上吃饭的餐馆里吃饭。第二天早上，我把迷糊带到那里，那个女人跳楼的地方。好像是南海滩的什么东西刺激你这么做，去参观别人被枪杀的地方或是跳楼自杀的地方。

“这个地方，”迷糊说，“显然有非同寻常的能力，让人们立即踏上朝圣之旅。”我才发现那位老夫人是非常体贴的，她跳进一个隐蔽处，离人行道稍微有点距离，这样就不会砸着谁。那里没有血迹之类的，也没有凹坑。迷糊给我照了张相，但我站在那里的时候有点儿紧张，害怕别人跳下来砸到我。

“快点。”我说。

“怎么了？”

“这里可是别人跳楼的地方。”我说。迷糊拍完照后，我们穿过马路，我看到那栋大楼一侧的阳台上都是空的，只有些没有人坐的椅子。迷糊说，整栋大楼都在下半旗，我明白她是什么意思。

我们又看了一些酒店，享用了很多水果冰沙。当天晚些时候，我看到一个老女人蹒跚着从一大群晒成棕褐色的紧实而年轻的躯体之间穿过，嗑了药的迷幻舞者，刺着文身的滑冰者，吃蛋白粉和强力剂充足了劲儿的同性恋男人，打着耳洞、吃沙拉的苗条女人，对她们来说，装饰艺术会激励她们展示，而不会诱发使人自杀的廉价的绝望。我敬佩那位老女人的坚毅，她向前走的样子，拖着患有关节炎的腿向前走的样子。经过我身边时，她突然向前倒去——肯定是膝盖发软了——差点摔倒了。恢复平衡后，她冲我笑了笑，我意识到，这就是我昨天看到的那个女人，躺在人行道上的那个女人。我很高兴看到她这么快就恢复了。我知道那是她，因为她那脏兮兮、没有血迹的白袜子。

遗忘酒店

虽然戴夫是英国人，住在米兰，我们——我和迷糊——还是叫他“阿姆斯特丹的戴夫”，因为我们就是在那里遇见他的，在阿姆斯特丹。我们去那里为朋友迈特庆祝四十岁生日。迈特也不住在阿姆斯特丹，但他的妻子亚历山德拉给他俩在王子运河的717酒店订了套房过周末。她还邀请了迈特的许多朋友一起来阿姆斯特丹过周末。显然，她不准备负责大家的住宿。她的计划是，星期五，她和迈特请我们去外面吃饭；星期六，请我们到他们的豪华套房喝东西：在家门之外让人感觉“宾至如归”。迈特那些更为成功的朋友也在717酒店订了房间，而我和迷糊住进了一家便宜的酒店，离市中心有点远，不是很方便。碰巧，阿姆斯特丹的戴夫也住在那里。不过，比这种事务上的巧合更重要的是，我们都觉得自己是被逼着来阿姆斯特丹过周末的。我们大家都认为晚餐后再去酒吧里抽几支大麻就非常不错了，只有阿姆斯特丹的戴夫不遗余力地想把它弄成一个真正值得纪念的周末，仿佛不这样，他就什么都记不住似的。我漫长的嗑药生涯已接近尾声，这可能是最后一次狂欢——至少是其中一次吧。在那之前，我从来没有见过阿姆斯特丹的戴夫，但是在他解释那个周末的哲学基础的一瞬间，我就喜欢上他了。

“关键是节制。”他说。那是星期五晚上，我们刚在绿屋饭店吃了一顿美味却不正宗的泰餐。“任何事物都要有节制，包括节制本身。从这一点来看，你必须要，时不时地，放纵一下。现在就是这种情形之一。”

“我完全同意。”我说道，折服于他缜密的思维。“在我看来，我们来这儿就是为了放纵，想要拥有独特的阿姆斯特丹体验。”

“是的。”阿姆斯特丹的戴夫说。星期六早晨，我们去了史佩街上的“迷幻蘑菇[①]陈列馆”。阿姆斯特丹的戴夫看上去有些憔悴，也就是说，当时他看上去比周末其他时间都要好。部分是因为他在一家叫作迷幻佛陀还是

① “迷幻蘑菇”又称“神奇蘑菇”，其迷幻成分主要由一种含毒性的菌类植物“毒蝇伞”制成。

佛陀迷幻还是什么的酒吧里待了太久，不过主要还是因为他永远有些憔悴。在那个周末之后，我还在其他场合见过他几次，每次他的精神头没有那时候好。那几天他的脸上还有点色泽，虽然是灰色，但至少有点颜色。其他时候只有他的眼睛和鬓角是灰色的，脸上其他部位连最后一丝颜色都彻底消失了，嘴唇是惨白的。然而，在阿姆斯特丹的这个十月的清晨，他看上去很好，相对来说。

迷糊打扮得也很可爱，一点也不含糊。她戴着一顶羊毛帽——我提前送她的圣诞礼物——配上歪斜的玳瑁眼镜，她看上去好像一个古怪的知性美女，呆呆的考古学家，由三十多岁不愿再单纯依赖美貌、力图证明自己可以刻画人物的好莱坞女星扮演的。我呢？哦，不用说，我看上去完全是个笑话。从外表看，你会以为我是那种喜欢追求年轻打扮的人——滑板T恤、运动鞋、连帽运动衫——却掩盖不了一个事实，他已经四十二岁，是一个除了一点文化以外一无所有的知识分子；不过在那个周末的大多数时间内，我觉得自己正在全盛时期——差不多是这个样子。不得不承认，我们坐在一家咖啡馆打算享用新买的迷幻蘑菇时，真的是搭配诡异的三人组，我没想到我们会这么快被撵出来。确切地说，不是被撵出来的，而是被酒保严厉地训斥了一番。他不想让我们在那里吃迷幻蘑菇，他说。我们花了一点时间消化这句话：阿姆斯特丹的一家酒吧拒绝我们在里面嗑药？

“这就跟因为喝啤酒而被酒吧赶出来一样。”迷糊说道。我这一生没有什么成就——或许这正是为什么在这种不受欢迎的情形下，我反而感到一丝青春的骄傲。酒保有一张苍老、灰白的吸毒成瘾的脸，他阴沉的眼睛对我们没有透露出一点同情。我没法反驳他，因为我的喉咙里塞满了令人作呕的迷幻蘑菇。我正努力用迷糊剩下的依云瓶装水把它们冲下去，但是显然，我们三个全都惊呆了，以至于酒保又开始解释。

“我不想你们吐在这里。”他说。

“声明一下，”成功吞下迷幻蘑菇的阿姆斯特丹的戴夫说，“首先，我这个岁数，不需要别人教我怎么做事。我是一个非常有公民意识的人；其次，我和我的朋友们加起来都快一百一十五岁了，公平地说，我们也没有呕吐的意愿；第三，如果我们真想吐，我们保证会吐在外面或洗手间里；第四，就算我们会吐，也是半个小时以后的事了。而现在，或许你可以表现得好一点，给我们来三杯咖啡。”

这番演说实在太令人难忘，一时间我还以为酒保会让步。然而他丝毫不为所动，还举起手指，指向门口，嘴里蹦出两个词，第一个是“混蛋”，第二个是“出去”。

“外面有的是地方！”我对他说，拾起仅剩的尊严（几乎没什么尊严了）向门口走去。这样被踢出门，其实没什么大不了的。我们惠顾别的地方就好了。那一天我们基本上就在做这件事，不停地换新地方。外面下着雨，每次走到外面，又马上想回到屋里。一开始这不是什么问题，因为那会儿还没下雨。哦，也算是**下雨**，不过跟后来的大雨比起来，简直不算什么。那会儿甚至还有点阳光。在雨停日出的短暂空隙间，树叶——我是说还在树上的；堆在地上的叶子就截然不同了——闪着光，就算是太阳没有出来的时候，它们也挺好看的。

后来天气变得很糟糕，不过在那一天的早些时候，我们主要的困扰还是坏脾气酒保放在我们心里的“恶心的溃疡”。我们一直以为自己会恶心想吐，然后当我们不再等着恶心想吐时，就开始不停地换地方。开始，我们在另外一家酒吧里点了三杯咖啡，这家酒吧跟之前那家几乎一模一样。我们就等着呕吐发作。可是并没有发生，所以我们又换到别的地方。天空是银灰色的，风云涌动，乌云变幻，好像要放晴。但是，阴霾并没有散去，这预示着天气也不会有所好转，直到我们离开之后好多天，可能直到第二年春天，天气才会好起来。那时我们已经离开很久了，而发生在那里的所有事情，可能只有一两个人还记得——或许只有一个，或许只有我——我的工作就是，确保这些事情不被遗忘，哪怕这意味着它们得从头开始说起。

不知从何时起，天气开始变坏。刮起了风。开始下大雨，下了一阵之后，又吹起了类似沿海地带的大风。我们想躲开这场裹挟着大风的暴雨，不过想要躲雨就得继续走，至少还得走一会儿。我们往相对安宁的凡·高美术馆走去，想着顺便还能欣赏欣赏画，可是却什么都没有看到。天气太糟了，阿姆斯特丹的每个人心中都只有一个目标：躲开这场大雨，躲开这场大雨，跑到凡·高美术馆去躲雨。每个人都湿答答、怒气冲冲的。踩踏事件随时可能发生。偶尔，在背景处，旭日照在阿尔翻滚的小麦上，罗马蜡烛亮如白昼的夜晚——繁星满天，繁星满天——旋涡像是有了生命。繁花欲坠的树木闯进视野，颜料上色的脸笑容灿烂[1]，主要还是参观者那湿透的后背，他们带着雨天的装备，挤来挤去。阿尔的金黄反衬出阿姆斯特丹的秋天和残冬没什么区别。越来越多的人挤进美术馆。这些画作好像泰坦尼克号上最后一批救生艇，只有少数几个人能有幸瞥见《长脖子向日

① 这一段描述指的是凡·高的部分画作内容。

葵》或者《高更的空椅子》（据我们所知，那椅子甚至都不在那儿），剩下的人都得凭运气才能抓住漂过他们身边的其他画作或任意艺术品。

幸运的是，迷幻蘑菇的效力并没有那么强大，很快我们又冲进了雨中。而在我们待在美术馆的那段时间里，天气居然变得更差了。长话短说，天气从差变成更差，再变成差到不能再差。

“我感觉就好像在北海漂浮的渔船甲板上似的，”我说，“要不是我们脚还沾着地，我肯定会下令弃船的。”

“遵命，船长。”迷糊说。我们低着头奋力前进，朝着别的避难所走去。

“现在是大雾和瓜果收获的季节吧？”我们在雨中奋进时，迷糊问道。

“我觉得是，理论上，但我开始怀疑，这里就是那种没有秋季的地方吧。每年从春天一下子就扎进了天气最差的冬天。”

“现在该是果实落下，进入漫长的遗忘之季了吧？”迷糊说道。

“真的可能是。”

“你觉得这里会是个不错的咖啡馆吗？”

它看上去的确像一个不错的咖啡馆，但我们一走进去，就陷入了难以迈步的椅子“迷阵”。我们寸步难行，到处都是椅子。刚才在凡·高美术馆看到的画作还记忆犹新，这会儿就好像是高更的空椅子进行了自我克隆，永久地留在这个咖啡馆里一般。阿姆斯特丹的戴夫对我们所处情形的分析就不那么艺术性了，更加实事求是。

“一般来说，在咖啡馆里很难找到椅子。”他说，“这里却有太多椅子了。”他说得再简洁不过了。这里的空椅子太多了，实在太多了，实际上，根本没有地方坐下。我们不停地搬开它们，但只要搬开一把，就又看到另外一把挡在路上。最后，我们终于腾出一块地方，每个人身边只有三四把椅子，这个比例对于疲惫不堪、浑身湿漉漉的人来说就算不错了。我们伸了伸懒腰，跟一个朋克范儿十足的女招待点了饮料——她要不就是没注意到这么多椅子，要不就是已经习以为常了。

“不好意思。”她送来饮料时，阿姆斯特丹的戴夫说道，“我们就是想知道，你觉不觉得这里的椅子太多了？”虽然阿姆斯特丹的戴夫问了女招待这个问题，但很明显他只是给我们自己找点乐子。我们的确觉得很好笑。非常好笑。笑出眼泪来的好笑。哈哈大笑。我们简直停不下来了。越是想停下，就越笑得厉害，我们甚至觉得那是有史以来最俏皮的问题，是所有人说过的所有话里面最精彩的了。阿姆斯特丹的戴夫这老东西。他已经害我们被一家咖啡馆赶出来了，现在又在努力让我们被第二家撵出来。我挣扎着想要控制自己。一想到外面的恶劣天气，想到我们在冰冷的大雨中行走，我就不敢抬眼看别人，只能一个劲儿地感谢女招待，含糊不清地代表我们向她道歉。然后等女招待一走开（有点怒气冲冲地），我们就压低声音咯咯笑起来，擦掉眼角的眼泪，终于成功地控制住自己。

笑过之后，我想起早上一时冲动买了一条裤子。我以为它肯定丢失在阿姆斯特丹被暴风雨席卷的街道上了，谁知神奇的是，它竟然就在我身边，在一个袋子里。我决定，就在这里，就是现在，换下湿透冰凉的裤子，换上干燥、漂亮、温暖的新裤子。在逼仄的卫生间里，我差点脱不下湿裤子，它就像溺水的人一样使劲抱住我的大腿。新裤子也很复杂，裤腿好像比蜘蛛腿还多；要不就是这样，要不就是裤腿不够让我穿进去。我都数不清它的裤腿了，总是多出一条裤腿，或者我的一条腿没地方放。从外面看来，它只是个厕所，但当你被锁在里面的时候，最基本的算术法则都不会了。二除以二不知道等于多少。我快疯了，大脑好像受到了严重的损坏。我努力地集中精神，以一种复仇的心态投入眼前的艰巨任务。我伸进去一条腿，再伸进去另一条。万岁！即使是终于摆脱了三十年来讨厌的独身生活的人——我终于进去了[①]——也不会体验到比我当时更强烈的狂喜，以及证明了自我的成就感。

但是，这样的得意十分短暂，因为我穿上的这条裤子也是湿的。我竟然把刚脱下来的湿裤子又穿上了。干的那一条还是干的，等着被穿上。我又回到了原点。在努力了那么久之后——到底有多久？我可能已经在里面待了几个小时——这可真是个毁灭性的打击，我都不知道能不能从中恢复过来。究竟是怎么回事？人为的失误，这是唯一的解释了。人为的失误。不知怎么的，显然我刚才是脱下了湿裤子，然后又穿上了它。没有别的解释了，不过，在这个说出来也不会得罪人的“不知怎么的”之中，蕴含了多么巨大的谜题，又蕴含着多么多的可能性啊。

我没有被吓着——更准确地说，几乎彻底被吓着了——我从头再来。我费劲地从湿裤子中拔出自己的大长腿，小心翼翼地把它们伸进干裤子里面。这一次，费了一番力气之后，我成功地将它穿上了，谁知又把前后穿反了。对于失败、失望与沮丧，我已经认命了，甚至不再停下来思考到底是哪里出了错（几乎可以肯定，又是人为的失误）。我毫不迟疑地一把扯下它，头昏脑涨

---

① 暗指性交。

地又把它穿上——却又发现把里外穿反了。在别的不那么恼人的情形下，这对于一个四十二岁的知识分子来说可能有点丢脸，不过都到这个地步了，我乐意把它看作是一个十足的成功，尤其是有人正在外面咣咣砸门，喊着我已经进去许久，想知道到底出了什么问题的时候。

“问得好!”我一边喊了回去，一边精神抖擞地把湿裤子塞进袋子里。总之，把新裤子脱下来再穿上——可能得冒着巨大的风险——谁知道又会出现什么样的乱子呢？虽然里外反了，毕竟我已经穿上它了，穿上它了，这才是最重要的。

回到咖啡馆，在椅子的海洋中，迷糊和阿姆斯特丹的戴夫没有注意到我的裤子。而几秒钟之后，我已经很难相信，我居然在卫生间里克服了那么多的困难。卫生间里面，是另外一个世界，另外一个宇宙，有着自己非同寻常的问题和阻碍。一段精巧的电子音乐响起，通过音响，慢慢消退为一种环绕的水流声，让人感觉到平静地解决困难显然几乎是不可避免的可能。因为这样那样的原因，我们有点蓬头垢面，但咖啡馆是个温暖舒适的地方，让我们得以整理思绪或其他东西。

突然，阿姆斯特丹的戴夫说道：“对了，你知道你的裤子里外穿反了吗?”

“不，没有穿反。”我说。

“反了。”迷糊说道。

“那你们俩都错了。”我说。在咖啡馆里短暂而安静地坐了一会儿，现在我可以从一个全新的角度看待我之前在卫生间里遇到的困难，它能让我在任何辩论中立于不败之地，不管这辩论有多激烈。“对你们——对外人——来说，我的裤子好像是里外反了，但其实没有。我已经把里外翻过来了。”

“这可真是自相矛盾啊。”阿姆斯特丹的戴夫说。

“矛盾，但是在我看来，却完全正确。现在，如果你们不介意的话，我想聊点别的。”

“比如说?”

“比如我们接下来要干什么。”你看，我一心想着换地方。别人在这儿都觉得很舒服，而我只想着去别的地方。新鲜的，可能更好的地方。我有点焦躁不安，而谁又会知道，这不安的原因是我的裤子——虽然我使劲否认——里外反了？是不是因为这个，我才那么着急地想从咖啡馆里面走到外面的大街上？毕竟，这里很舒服，而我却一直想要离开，一直想要去别的地方。

“我想要去的是，”我说，“一个可以坐下来的地方，在去迈特和亚历山德拉的豪华套房之前，聊上几个小时。有好音乐，有舒服的椅子，有好茶，等等。”我不停地说啊说，一边说，一边涌起一种感觉，我在想通某件事情，某种不肯清晰显露的神经官能症。接着我就明白了。

“你们知道吗，”我说，“我刚才说的不就是现在这个地方吗？我已经在我想要的地方了。”

“做得好，亲爱的，”迷糊说，“你已经超脱了轮回。”

是的，我已经超脱了。我释放了所有的咖啡馆执念，体验着一种绝对的平静。我很欣慰，在嗑药生涯的尾声，能待在这样一个满是椅子的咖啡馆里，同我那即将变成前女友的女友迷糊（几个礼拜后，她的间歇性重度抑郁症发作），还有前一天晚上才认识的老朋友阿姆斯特丹的戴夫（几个月后，他——就像这本游记的作者一样——彻底垮掉）一起。此时此刻，我们很高兴地待在这里，清楚地知道很快我们就会沐浴在迈特和亚历山德拉于717酒店的豪华套房的温暖舒适之中。

六点整，我们准时到达那里，由一位风度翩翩的服务生带领着来到迈特和亚历山德拉的套房。

“请跟我来，好吗？”他说道，礼貌地忽视了一个事实：我们看上去就像是被猫咪拖回去的东西一样，其中一个东西的裤子还穿反了。迈特和亚历山德拉的套房正如我们想象的一样奢侈。那里是另外一个世界。想到我们在阿姆斯特丹度过的这个周末，我最先会想起的是：

在另外一个地方，真的有另外一个世界。我们每到一处，都好像来到一个与来处截然不同的世界。迈特和亚历山德拉的豪华套房就像亨利·詹姆斯笔下的世界：句子有好几个段落那么长，精美的红酒杯朦胧地映照出若隐若现的火光，还有穿轮状皱领衣服的男子歪斜的轮廓。外面糟透了，但是从这里，从里面来看，这真的是一个可爱的秋夜。

套房里有很多迈特和亚历山德拉的其他朋友，不过空间却足够，毕竟，它是个套房。迈特打开了每个人送给他的礼物。我们的礼物被漂亮的金箔纸包好，系着一条浅柠檬色缎带，迷糊有本事把东西弄得很漂亮，很特别。如果是我，我就会将它—— 一本被评论界高度赞扬的小说，作者是一位年龄只有我一半的女士——装在伦敦盖特威客机场Waterstones书店[1]自带的袋子里面送给他。我在卫生间里把裤子脱下，再翻过来，正确地穿好，裤子内面朝里，这次很轻松就穿好了。我们懒懒地靠在沙发上，喝着美酒，望着窗外被风鞭打的大树。我希望天气还会继续恶劣下去，希望大雨变成雨夹雪，那会让待在室内显得更加美好，更加舒适。

我认识迈特快二十年了，跟他一起待在这奢侈的舒

---

① Waterstones，英国连锁书店，创建于1982年。

适之中，我觉得非常幸福，幸福到很容易流泪。事实上，我觉得我已经流泪了。我感到幸福、满足、别无他求。我觉得，怎么挥霍人生一点都不重要。只要你有过这样的夜晚，一个人（我一直拿不准该用“一个人”、“你”还是“我”）哪怕是一无所成——也不会有什么分别。年至四十，比二十岁——满腔热血、野心与希望——的时候要好，甚至比三十岁——那些激励过你的希望成为了折磨你的元凶——的时候还好。

“一到四十岁，”我对迈特说，“整个世界就成了鸭子背上的水珠。一到四十岁，你就会意识到，生命**就是**用来浪费的。”我觉得自己说得太好了——成熟、洞悉、明智——我东拉西扯地对着迈特说了好久，或许只是自言自语。我躺在沙发上，看着新老朋友们，还有我只微笑并问过好的其他人。哦，这真是一个美好的夜晚，然后，忽然之间，它就结束了，或者说它的这个阶段结束了。不知怎么，我们又回到了大街上，穿过红灯区（黑灯区可能更加贴切）妓女的窗前的哈苏紫外线。一个穿风衣的家伙对我说了些什么，我没怎么听清，接着我意识到他是在向我兜售毒品，确切地说，是伟哥。我说我不想要。

“你看上去用得着。”他说。这可不是什么友善的话语，不过我没理会。我们中的有些人，包括迈特和亚历山德拉，已经说了晚安，纷纷就寝了。剩下的人去了酒吧，吸了些让人极度兴奋的臭麻，然后又只剩下我们三个了，迷糊，阿姆斯特丹的戴夫和我。我们也没有再待在酒吧里，而是到了大街上，从某种意义上说，是回到了原点。在这种高强度的药草，还有下午效力不怎么强大的迷幻蘑菇的作用下，我们又意想不到地回到原点，而积攒了一天的迷惑爆发了，将我们搁浅在一个陌生的城市，它只是与地图及旅行指南上的阿姆斯特丹偶尔有相像之处。

我们彻底迷失了，不知道自己身在何处，完全没有能力去寻找我们的酒店。这一刻我们还在运河边上狭窄的街道上朝教堂走去，下一刻就发现根本看不到什么教堂，而我们正在一家古董店的窗户前张望。接着——这明显不可能是真的——我们就在一家古董店里面，看到三个又湿又脏的身影在外面盯着翻新的椅子、旧地图和黑桌子（桌上摆着黄色的台灯，易于学习和沉思）发呆。我们被看到的许多房子搞得更困惑了——没有窗帘，灯光柔和，摆满了家具，没有人，供人观赏——就好像是古董店一样，反之亦然。住所和零售店之间的差别，并不像人们想象的那么明显。

其他区别也同样失效了。我们穿过一座桥，却发现自己刚才就是从那座桥上过来的，而它在几秒钟之后变得面目全非。我已经彻底不知道我们置身于世界的哪个城市。我好像同时身处六七个城市。我好像在悉尼，在众所周知的“国王十字区”[①]，又好像是在伦敦的同名地区，同时，我搞不清自己的位置，我看到的一切都让我觉得自己是在巴黎或哥本哈根。我好像无处不在。

“某个地方我还没去过，”我非常流畅且含糊地说道，“某个地方，其他城市只是为它提供了不祥的预感。但是，我怎么才能知道我在那里呢？如果回答不了这个问题，那我只能说我已经去过那里了。”

迷失在阿姆斯特丹是多么容易啊，尤其是在阿姆斯特丹的那个秋夜。

“我们必须做的，”阿姆斯特丹的戴夫说，“就是专心致志找到我们的酒店。”

“我们当然应该这么做。”我说，“我们当然应该这么做。不过我想起来一句话，说起来容易做起来难。”

“这儿是运河！”迷糊说道，好像那能解决所有问题似的，好像我们没有看过无数的运河——好像我们没有无数次地看过这同一条运河——在这一次看似漫长又失策的远足旅行期间。尽管如此，我们还是迷惑而好奇地

① 国王十字区（King’s Cross），位于悉尼市，是外国游客游览悉尼的主要落脚处之一，更是悉尼夜生活最繁华的红灯区。

盯着这条运河，有那么一瞬间，仿佛所有问题都解决了。接着，我们就发现它确实是同一条运河——潮湿阴冷，飘着落叶，却又闪着光——就在十分钟或者几个世纪以前，我们曾经经过它。更令人消沉的是——我本来想用“毁灭灵魂”这个词——即使不是同一条运河，我们的状况也得不到丝毫改善。

“同一条运河，不是同一条运河，”我绝望地说道，“同样没区别。”

“好吧，我豁出去了。”我们抬头看着一家日本餐馆谜一样的招牌时，阿姆斯特丹的戴夫说道，“我个人是很愿意另辟蹊径，坐下来吃一碟寿司的。”

“你需要一把锋利的寿司刀。”迷糊说。

“还不止呢。”我说。

“你还需要什么?”

“啊，你把我难住了。”

“鱼。”迷糊说道，“你还需要鱼。”

“对，当然了。鱼。”阿姆斯特丹的戴夫说，“鱼——还有一把非常锋利的寿司刀。”我们就一直这样毫无意义地说着废话，当然我们也在吃力地走着，走啊走，走啊走。

“刚才在那里的时候，我还以为自己在哥本哈根呢。”我说，“现在我觉得自己像个丹麦商人，某个从事电信业的人，发现自己烂醉如泥地待在……在……唉，我差点就想起在哪儿了。我差点就知道我们刚才是在哪里了。就差那么一点点。这多让人抓狂啊，这种可恶的无知的感觉。我觉得我可以坐下来哀悼我这一辈子了，这一辈子的每时每刻。”

还下着雨吗？可以说是的，因为空气中全是水汽；也可以说不是，因为这水汽并不会像雨滴一样掉下。更准确地说，是非常非常小的毛毛雨，小到只有一层薄雾。

“这些地方很友好，却很难找到。”阿姆斯特丹的戴夫说。我意识到他钻进了我的脑袋，窃取了我的想法。没有真正商量过，我们就坐在了一条长凳上，不是坐在它上面的那种坐（凳子是湿的），而是靠在它旁边。

“你觉得天气变坏了吗？”迷糊温柔地问道。

“没有，”阿姆斯特丹的戴夫回答，“但我觉得我们应对状况的能力经受了近乎灾难性的恶化。”

“看地图会有什么帮助吗？”

“实际上，这句话需要换一种问法。你应该问：‘找地图会有什么帮助吗？’”

“别跟我说我们把地图丢了。没有地图，我们就死定了。”

“我没说地图丢了，我只是觉得要找到它有点难。”

“这么说吧。就算有地图，我们看地图有意义吗？”

迷糊说道："或许它能帮助我们弄清一些事情。"不过阿姆斯特丹的戴夫固执得很。

"绝对不会。"他说，"依靠直觉会好得多。"就这样，我们起身离开，又开始了跋涉。

"现在还是大雾和瓜果收获的季节吗？"迷糊问。

"是的，"我说，"同样，不是。"

"现在该是果实落下，进入漫长的遗忘之季了吧？"她又问道。

"我不知道，"我说，"我真的不知道。"

"你渴望遗忘吗，亲爱的？"

我坦白说，在这一刻，是的，我渴望遗忘；在这个关键的时刻，我希望这次旅程不那么漫长。但是，我一说完，就更加不知道我们要前往何方。

"我们的酒店真的叫'遗忘'吗？"我说，"这是个奇怪又有点不祥的名字，你们不觉得吗，遗忘酒店？我们真的应该住在这种酒店里吗？我是说，如果它真的叫这个名字，那也没问题。但我想我们得确认一下。"

"你知道，"阿姆斯特丹的戴夫说，"我觉得我们再也找不到它了，不管它叫什么。"

"哦，别那么悲观。"迷糊说道。

"我都不确定它是不是还存在。"阿姆斯特丹的戴夫说。

“遗忘?”我说，“你是说，世界上没有遗忘这种事吗?”这是一个不好的预兆——意味着我们注定被永恒意识所凝视，终生得不到解脱——同时，它也是一个荒谬的预兆。

“如果我们假设那个酒店不存在，”阿姆斯特丹的戴夫继续说道，“那我们的状况就完全不一样了。如果是这种情况，我们就可以入住别的酒店了。”我听到他在说什么，但没有真的听进去。我们的酒店并不存在，这一结果开始让他们、让我感到悲伤。我开始想到我留在房间里的东西，却记不起来都有些什么了。但是如果酒店都不存在了，它们可能也就不存在了，而我还远远没有准备好跟它们说再见，不管它们都是些什么。而且，如果在我们正式退房之前，酒店就不存在了，那我们又成了什么?我们这样一种人，尚未死去，注定要在特定的时间在阿姆斯特丹的街头流浪，寻找不能进入的住所?从这一点来看，酒店不存在的后果，与世界上没有遗忘这种事的后果完全相同，逻辑上可以得出结论，我们确实是在寻找遗忘酒店。我看着阿姆斯特丹的戴夫和迷糊，但是从他们脸上的表情丝毫看不出来这些话我到底是说出了口，还是只是在自己的脑子里转了转。

然后，没有任何预兆或——至少是我能分辨的——理由，阿姆斯特丹的戴夫说：“跟我之前说的相反，现在我觉得我们用不了二十秒钟就能回到家了。”

“为什么这么说?”

“因为那里往前大概十码，就是我们的酒店。”我抬头往前看，薄雾之中，我们酒店浅蓝色的字母依稀可辨。

那真是一个让人心跳都停止的幸福时刻。我太欣慰了。所有的麻烦都结束了。想象一下，如果我们走到门前，发现自己犯了个错，那不是我们的酒店，只不过名字相同而已，我们会有多么困惑啊。不可思议，但考虑到我们之前的经历，这完全是可能的，甚至是无可避免的。对我个人而言，它也是压垮骆驼的最后一根稻草。我再也忍受不了这种荒谬，再也忍受不了这种困惑。我不知道该做什么。我已经山穷水尽，不管是情感上还是体力上。在我这个岁数，我不应该像现在这样一团糟，我应该待在家里，待在我们刚才看到的那种房子里面，在亮着台灯的桌前辛苦工作。我差点就要开始责怪迷糊和阿姆斯特丹的戴夫，为这个可恨而愚蠢的周末所发生的以及没有发生的一切。阿姆斯特丹的戴夫把钥匙插进锁里，门开了。我们意识到，我们错以为自己犯了错，虽然它看上去不像我们的酒店，但或许它就是我们的酒店，就算不是，钥匙管用，肯定也是个好兆头。

大莱普提斯

二十世纪快到末尾的时候，我住在罗马，渐渐知道了什么是“遗址的宏伟壮观”。有一天下午，在哈德良行宫的时候，我的朋友莫妮卡告诉我，她是在的黎波里出生的，还给我看了一些她父母的黑白照片。照片里他们才二十出头，站在利比亚地中海海岸线边上的古罗马废墟上求婚。她父亲马里奥身穿白色衬衫，打褶的灰裤子，她母亲安娜穿一件白裙子，两人的照片散发出理想中的殖民地的浪漫。他们的皮肤晒成棕色，戴着墨镜，斜靠在柱子上，在一堆遗址废墟上休息。天空看上去蓝得惊人。在其中一张照片里，马里奥揽住安娜的肩膀；另一张里，他们手牵着手。照片中的背景通常是大海。在他们前面——拍照者的后面（在一张照片里可以看到一长条阴影）——我想，是沙漠，广阔的撒哈拉大沙漠。

我想知道，大海与沙漠之间的这片废墟叫什么名字？

“大莱普提斯。”莫妮卡说。

在叙利亚、土耳其或突尼斯，可能还有其他遗址同样令人震撼，还更容易前往。但从那一刻起，大莱普提斯仿佛有了魔力，成了所有古迹的中心。大莱普提斯，就连这名字都在召唤我。一听到它，我就知道自己无论如何得去那里，亲眼去看它。

许多年过去了，我并没有去成那里。在洛克比空难[①]嫌疑人被移交之前，在利比亚官方就其驻伦敦大使馆枪击英国女警伊芳·弗莱彻一事道歉之前，去利比亚几乎是不可能的。偶尔，针对那些对考古学或横穿撒哈拉大沙漠有着特殊兴趣的人，官方可能会批准行程，但是想要以个人游客的身份，在无人带领的情形下进入利比亚是绝无可能的。

然后突然，一切变得可能了。在纳尔逊·曼德拉的介入下，洛克比空难嫌疑人被移交荷兰接受了苏格兰法

---

① 洛克比空难发生于1988年12月21日。当日，泛美航空103号班机执行法兰克福—伦敦—纽约—底特律航线。它成为恐怖袭击目标，飞机在苏格兰边境小镇洛克比（Lockerbie）上空爆炸，270人罹难。

律审判。利比亚人为伊芳·弗莱彻一事道了歉。作为酬谢，英国取消了一项关于重击卡扎菲的军情计划。两国的关系有所好转。英国航空公司开通了直飞的黎波里的航班。

可以去利比亚了，但还是非常困难。即便我已经办好了签证，预订了航班，却难以获得相关的旅游信息。邻近的埃及和突尼斯有许多旅行指南，但利比亚却什么都没有。我甚至买不到一份地图，也订不了一个酒店。我买过一本关于莱普提斯的书，尽管我对那里充满了迷恋，但只读了开头几页就读不下去了，无法理解这个城市的起源、历史、建筑风格、辉煌及随后的没落。它建于史前的某个奇怪的时间，就在腓尼基人的定居点上。这点是肯定的。竞技场落成于公元1年（一个容易记的年份），公元109年并入图拉真皇帝的殖民统治之下。大莱普提斯真正惊人的遗址是在罗马皇帝塞维鲁的统治期间（公元193—211年）建造的。之后，除了（被汪达尔人）毁坏于公元523年及不久后（相对而言）被拜占庭人收复之外，其他都是一片空白。

坐在飞机上，我想，我是不是准备得太不充分了。住在罗马时，我已经读过许多皇帝的奇闻逸事，关于他们的残暴。除此之外，古迹的特点就是，读起来实在太无趣了。（“到最后，你会厌倦古迹的世界，”阿波利奈尔在《时区》这首诗中写道，“你会厌烦希腊和罗马的遗址生活。”）我对无聊并不陌生。人生的大多数时间内，许多事情都让我感到无聊，不过同样也有许多事情让我沉迷。遗址却呈现出一种诡异的结合——就像我生活中两种电流的短路——生平第一次，我对感兴趣的事物感到厌烦。我没有纠结。我会一无所知地去莱普提斯。对古典学家和考古学家来说，去莱普提斯可能是毕生研究事业的顶峰，但我只是语言学意义上的“考古学家”：我挖掘往事。或许这样更好。奥登肯定也这么认为。在《考古学》一诗中，他写道：

知识或许有其目的，
猜想的快乐却总是
大于知晓

我本打算继续下去，相信**无知**（而非猜想）的力量是一种探查的工具。福柯提出“知识考古学”，而我的莱普提斯之旅将会朝着相反的方向前进：无知考古学。

先前也有过这样的例子。罗斯金[①]回忆他在罗马度

① 约翰·罗斯金（John Ruskin，1819—1900），英国艺术和社会评论家。

过的一个下午："看到古罗马的广场、角斗场等。之前我不知道那种广场是什么样子或曾经是什么样子，不知道三根或七根柱子是怎么把它连在一起的，也不知道塞维鲁拱门……但是，这一切有个好处，不管我有什么样的天赋，我都能看透它们的灵魂……广场和神殿原来是什么样子，我一点都不在乎。"

我受到了鼓舞，却不知道它是不是真的。如果不知道事物是什么，你能看透它们吗？如果你想清楚地表达在一栋建筑物中所看到的东西，你必须用到许多建筑学术语，而也许"观看"这种行为本身也是依赖于这些词汇的。不懂得词汇，你不仅是哑的，更是盲的？我去莱普提斯，难道是为了**不**看吗？在自信与极度怀疑之间摇摆不定的我，感到自己正处在方法论恐慌的边缘。随着这种恐慌逐渐加深，我觉得自己的信心又回来了。

很奇怪，恐慌这个词的名声会如此之差。大多数身体反应都是源于生理需求，以确保物种的生存，就连疼痛也是这样。恐慌大概为了让人从危险中脱身的——那为什么我们被教导，在任何可能的危险情形下，都不要恐慌？如果我现在坐的这架飞机要紧急迫降在地中海，我们会被鼓励着不要把最后的时刻用在恐慌上，而是平静地赴死，在紧要关头，希望自己之前更加仔细地读过紧急疏散指南。但是，我现在已经处在恐慌之中，而它又引发了独特的极度不安之中的镇定。在一无所知的情况下去莱普提斯，也没有关系。最好的了解方式就是观看，在视觉的语言中学会表达。眼睛会学着照顾自己。

另外，在飞往利比亚的航班上，没有人会为这种事情烦恼。他们去那里都是为了生意（电信、石油、计算机），而且大多数人都在不停地喝东西（啤酒、红酒、烈性酒），为即将到来的禁酒做好储备——禁酒从进入利比亚的领空就开始执行了。

航班的落地通知——“欢迎来到的黎波里国际机场……”——听上去敷衍到不能再敷衍。虽然女播音员还在告知我们当地时间，但是人们不禁会怀疑，这里面可能会有听不见的潜台词：“这跟我们没关系！等这宝贝的肚子装满燃油，我们就马上离开这里！”

见其机场，知其国人！由于机场都是建造在城市的周边，而其设计在全球范围内都非常相似。在所有的建筑形式中，国际机场可能是最不容易受地区差异影响的。因此，最微小的细节反而能够透露其所在国家的风土人情。季节性的旅客可以凭借行李推车的设计和状况——便利性、可用性、价格——了解所在国家的方方面面，而机场的国际统一化也会放大环境的差异。

的黎波里机场烟雾缭绕。不仅是因为人们抽烟（虽然他们抽个不停；利比亚人跟土耳其人一样抽烟抽得很凶），就像一些新开的巴黎式咖啡馆被设计成要立刻彰显它的传统，的黎波里机场似乎被设计成有十年、二十年、三十年的浓烟的效果。机场的整体颜色是烟熏色：准确地说是二十世纪七十年代流行的那种烟熏色。整个地方呈现出一种晦暗铬合金、烟色玻璃的感觉。那么重的烟熏，那么晦暗，实际上那铬合金也可能是木头。玻璃看上去像木头，铬合金看上去也像木头。所以这里可能根本就没有铬合金。看不到一丁点类似铬合金的闪亮。奇怪的是，这种缺失让我感觉在某个地方肯定有显眼的铬合金。这里缺少光亮—— 一种木头的感觉——恰恰说明这里有铬合金。这个过程就好像，森林终将变成石油，曾经是铬合金的东西也变成了木头。我想，我真正想说的是，这个机场仿佛见证过更辉煌的时期，但又无法让人想象出这个时期——即使是在它被启用的那一天——那一天并不是这样。

所以这里的环境是如此阴郁。海关和移民署的职员们并没有义务充当非官方的迎宾人员，但低安全度的监狱看守连句欢迎的话都懒得说，就让人难以想象了。任何人类行为，甚至是最日常的行为，都会因为行为人的态度和智商而发生改变。不管你要从国外进入美国的哪一个地方，你的护照都会被盖上章——不管为了这正式的许入时刻，你曾经受过多么类似于审讯的询问——还会听到一句热情的“祝你愉快”。因此，那个章盖出来通常都是歪的，透着一股活泼劲儿。而这里，移民署的职员翻看我的护照时，像在翻看安塞尔姆·基弗[①]的书——用铅制成，每一页都有半吨重，载满了令人不快的历史。他并没有使劲盖下去把墨水印在护照页上。这让我吃惊不已。移民署的工作或许不是什么伟大的职业，但除了把人们拒之门外，不允许他们入境，把人们送上下一趟回家的航班外，移民署职员的工作重点就是，盖出一个完整、清晰的章。而这个人只是很勉强、很不情愿地盖了个章。重复一次，他并没有在我的护照上盖章，他只是蹭了一下。我没有夸张。碰巧，印油快用完了，所以我那个章非常模糊斑驳，好像不太同意我入境。

西方的办公室都流行无纸化办公（接下来又会是什么呢，无桌化办公?）。在利比亚——和大多数发展中国家一样——情况恰恰相反。他们推行“纸张办公”。这个词简直太恰当了。纸张，就是办公。纸张是大雇主。

---

① 安塞尔姆·基弗（Anselm Kiefer，1945— ），德国画家、雕塑家，德国新表现主义的代表人物之一。作品媒介包括稻草、粉煤灰、黏土材料、石头、铅、虫胶以及铅铁等金属元素。他的艺术渗透着对历史及文化的反省与思考。

一份表（一式三联），一个人收一联存档，第二联会被其他地方的其他人收走存档，第三联由顾客保管留作记录。最不重要的事务也必须被小心谨慎地记录、编制日志、存档、储藏，甚至在某些情况下，还要做检索。未来的考古学家只能发掘出一大堆平凡琐事产生的收据和对账单，真让人同情。多年来的辛苦研究将会得出——什么？2000年的1月20日，16号房间的住户——姓名难以辨认——点了一杯奎宁水送到客房？对于这个生产大量纸张的社会，他们会有什么样的印象？想象一下，要把羊皮纸上诗歌片段的魔力施加给这些收据和发票，将是多么大的灾难。我已经填过移民表格和海关申报单；现在还得填许多表——复杂性和缜密性堪比房贷申请——只是为了兑换当地的钱币。做完这个，我终于能够去叫辆出租车了——但是，不行，叫出租车也得填表。

手续都办完了，我们沿着一条荒芜的高速公路疾驰而去。一路上有很多卡扎菲头像的广告牌，带着一贯的坎普[1]范（我猜，这可能是因为他总待在他那著名的帐

---

① 坎普（Camp）是西方流行艺术中非常重要的一大类别，它被西方人解释为“扭捏、媚俗、夸张得可笑”。而中文里最合适的解释即是：矫揉造作。

篷里），但这个独裁者的广告牌并没有像即将到来的音乐会上拉埃乐[1]老明星的广告牌——“不再是查柏[2]”——那样无处不在。我们，出租车司机和我，沉默地坐着，因为只能互相听懂对方语言的两三个单词，其中一个就是“酒店”，而很快我就发现，它意味着“到了之后，心不由得一沉的失落感，通常还夹杂着离开家的悔恨感”。

我办了入住手续。啊，这听上去是多么虚伪的简单。为了办这个手续，我不得不填好几公顷的表格。部分原因是：像我这样的独行客在利比亚是前所未有的。在世界的大多数地方，当地人在发现走在他们中间的游客时，总是会对你说，他们的国家——不管多么恶劣——是“非常美丽”的。在利比亚，你能得到的唯一回应就是“居然还有人来这儿”的震惊。这真是荒唐。不出所料，酒店的礼品店里没有地图，而且我能肯定的是，也没有任何礼品。

大堂里可看的东西实在有限，我回到房间看电视。为了哀悼一位阿拉伯领袖的逝世，卡扎菲曾颁布法令规

① 起源于阿尔及利亚的流行音乐。

② 指查柏·马密（Cheb Mami，1966—　），阿尔及利亚歌坛最具代表性的一位当红歌星。

定，所有电视台在那几天只允许播放黑白节目。从那时起，我就对利比亚的电视节目产生了兴趣。起初，我以为他们还在执行那条法令，但摆弄了一阵天线后，我居然把电视机调成了模糊的彩色。但是，这里只有一个频道，正在播放贝都因人[①]的沙漠音乐会。这个平淡无奇的片段放了二十分钟。接着又开始放另外一个同样枯燥的音乐节目。这唯一的一个频道简直是MTV的初级版。我决定去吃晚餐。

餐厅里什么都缺，就是不缺坐在那里无所事事的人。对此，我一点也不吃惊，在世界上的某些地方，工作就是准时出现，什么也不干地待上八九个小时，下班就回家，还是什么也不干。如果你是在户外工作，那就跟闲逛没什么分别；如果你是在室内工作，那无异于最悲惨的绝望。看到我这个潜在的顾客走进店后，他来了精神，他的表达方式是对我毫不理睬。我问晚餐有没有准备好。八点才好，他说。

我回到房间，有些听天由命的感觉，写下以上这些在利比亚的见闻。我把目光从笔记本上挪开，从桌上的镜子里看到一个可怕的现实——灰头发、肥大的鼻子、

---

① 贝都因人（Bedouins），在沙漠旷野过游牧生活的阿拉伯人。主要分布在西亚和北非广阔的沙漠和荒原地带。

细瘦的脖子——这是我的模样。我经常对自己的外貌感到失望，但我从没有像现在这样面目可憎。就好像我人生中所有掩藏的痛苦都突然自行流露出来。或许是如此，或许是我碰巧瞥见了我的另一个版本——掩藏得不如我想象的那么彻底——那才是他人眼中的我。预言在慢慢实现。“人生，”镜子中的脸说道，“自有其定数。所有你试图掩藏的失望与悔恨、苦痛与仇恨，现在都爆发出来，吞噬了美貌与希望的最后一丝光彩。你不再英俊。这是所有过分重视外表的人的命运。这世上有许许多多的人，你仅仅因为不喜欢他们的外形，就懒得多看他们一眼，迟早有一天，你也会变成这样的人。”

我低下头，接着写自己是如何沮丧透顶，虽然我来到利比亚才几个小时。你了解刚到一个城市的那种感觉吗？不管多么疲惫，不管飞机多么颠簸，你都等不及要出去，体验当地的风土人情。而在的黎波里，我已经期盼着在回家的航班上体验生活了。我根本不想离开酒店，即使这酒店基本上糟糕无比，而这房间更是糟糕无比的主体。不过至少还有晚餐可以期待。

先前去过一次餐厅，我大概地看了一下；现在，我坐在泰坦尼克式的枝形吊灯（大约有一个倒转的棚屋那么大）下的桌子前，把这地方尽收眼底。餐厅很大，有四十张桌子，却只有三个人在吃饭，没有一个人流露出一丝愉悦。桌子与顾客的比例为十比一，侍者与顾客的比例为三比一——这地方却一直人手不够。当然，这是在假设一家餐厅的侍者还需要准备并端送食物的基础上判断的。这样的假设在此完全不成立。这里大部分侍者的工作就是无聊地闷闷不乐地站在那里，给我前面来的三个吧唧咀嚼的人提供了很好的示范。他们就一直这样待着、等着，我从来没有见过有人像他们那样名副其实[1]。

我终于从一位侍者手中得到了一碗汤。汤是冷的，像海水一般冷。这世上几乎没有比冷汤更让人气馁的东西了。如果食物让人恶心，可能会引发强烈的愤怒。但冷汤——它会耗尽人的精力，甚至是气愤和抱怨的能力。我用阿拉伯语嘟囔了一句“谢谢”，然后就坐着小口啜着我的冷汤，直到无法下咽，放下汤匙，暗示我已经——像美国人说的那样——吃好了。看到我的汤几乎没有动，服务员似乎一点都不惊讶，什么都没说就直接端走了。

看到他费力地走开，我突然开始用一种全新的眼光看待这个餐厅。在地中海彼岸的意大利，烹饪被提升到艺术的高度；享用美食则是社会、家庭和恋爱生活的中

① waiter，侍者。其中，wait是等待，waiter是等待者的意思。

心。而在这里——食物取得的成就同样令人印象深刻——食物及其相关的一切都被如此无趣地呈现与对待。这么说一点都不夸张。苏联古拉格劳动营的伙食标准显然远远不如这里，但是在那种环境下，每天限量供给的面包和稀粥可能会给人带来莫大的欢乐。而在这里吃饭，不管是从食物、环境、服务，还是——上帝帮帮我们吧——气氛，丝毫不能给人带来愉悦。人们做得津津有味的就只有嘬牙花子。在隔音效果很差的房间内，一种“啧啧”声在堂而皇之地回响。

我也吃过——更确切地说，没有吃进去过——令人恶心的食物，比方说，在罗马尼亚，最起码你还有别的选择——实际上是义务——可以喝得烂醉。而在这里，我得保持超高的警惕性，绝对没有可能忘掉这一切。只吃了点没有营养的面包，我叹了口气，回到房间。既然晚餐——这一天的亮点——已经结束，我的房间看上去就更加可恶了。尽管在傍晚的时候我就关掉了空调，这会儿它还是发出可怕的噪声。我摆弄着温度调节器有十分钟，发现这空调是关不掉的。我给前台打电话，总算叫了个人上来修理调节器。他的方法直接到不能再直接。他摆弄了一会儿调节器，直接把它从墙里拔了出来。怪不得这个国家在电信方面那么依赖外国人。不过，调节器的弹性好到不能再好：虽然只靠着一些电线挂在墙上，空调还是砰砰咔咔地响个不停。他用电话叫来了救兵。不到十分钟，他的一个同事来了，带着一把梯子。第一个人爬上梯子，开始拆卸天花板上的空调板。我的情绪多少好了一点，毕竟我终于有事可以麻烦主人了。接着，一块板子连同一团石棉尘掉到地板上，我没有在意。梯子上的人摆弄着暴露出来的空调管，突然噪声消失了。他们换了一块空调板，证明自己对得起维修工的称号后就离开了。

我躺在床上，满脑子都是关于旅行的老问题：为什么要旅行？我来这里干吗？这两个问题又引出第三个问题：我到底想要什么？我的回答是：想要回家，想要待着不动，想要留在家中，想要跷着脚看电视。在来利比亚之前，至少六个月里，我怀疑自己隐入了一种中年危机，它表现为，曾经十分充足的东西（活力，尝试新事物、新挑战的欲望）慢慢减少，对熟悉事物的依赖却在增强。有时候看着电视里的足球赛，我会感到一种慰藉；在我剩余的人生中，不管是什么形式的，球赛总是会有，我总是可以观看。我所要做的，只是为有线电视或卫星套餐付费。球员会更换，新星会崛起，老将会逐渐衰退或者突然消失在视野之中，但是球赛规则不会改变。从这个角度来看，结果如何并没有关系，重要的是，球赛一直都会有，我可以坐在沙发上，手里举着啤酒，一直看下去。而在利比亚，我躺在床上，一百英里内都没有啤酒，好像过着晚年生活——伤停补时的生活——就像我即将面临的一样。同时，晚年生活之前的生活——现在，或者说现在的第一个晚上——还是要度过的。

我急切地想要看到大莱普提斯。一大早，我就叫了出租车往反方向出发。我想让莱普提斯成为利比亚之行的高潮，因此，我认为最好从另外一个古迹萨布拉塔[①]开始。司机来自东部的喇叭学校。他喜欢让人知道他在那里学习过。他用喇叭表达问好、指示、斥责、感谢、催促和警告。如果可能的话，他或许还可以用喇叭开车。我震惊于他可以用喇叭做出如此多细微的表达，从拉长的单音爆破声到抑扬顿挫的变音。他用喇叭表达他与世界的关系，以及他对世界的看法。这是他交流的方式。就这样，我们一路吹着喇叭行进，把的黎波里抛在身后。

在萨布拉塔，湛蓝的大海与金色的沙漠相连。天空的蓝色与巴哈马那水汪汪的蓝不同，与亚利桑那干燥的内陆蓝也不同。萨布拉塔上空的蓝色既水汪汪，又干

---

① 萨布拉塔（Sabratha），的黎波里的三座古城之一。

燥，因此十分辉煌灿烂。同时，它还有点像冬天一般的蓝，这时天气还没有暖和起来。

一个穿西装戴眼镜的男人想做我的导游。他的黑色镜框很厚，使他的脸显得无比严肃。啊，戴黑色镜框的小智慧！我猜，这样的镜框能帮助他从《古兰经》中获得更多宽容与慷慨的阐释。一想到这里，我立即联想到，同样的眼镜戴在牧师严肃的脸上会是什么样子，对他来说，除了最严厉、最坚定的阐释，其他都是违背教义的。透过这样的眼镜，人们可以无动于衷地看着一个女人因为嚼口香糖或者从神圣经文中看到热烈的情欲而被乱石砸死。我无法得出任何明确的结论，不过戴着这样一副特别的黑厚眼镜的男人有一种善良的神情，或许是因为他的一边镜框是用透明胶粘起来的。

有些国家的人会长久地使用一样物品，哪怕它已经被毁坏，我喜欢这样的国家。为什么要扔掉呢？为什么不一直戴着，直到镜片自己破碎呢？这些镜片看上去非常结实，仿佛能坚持一千年。数代人会眼睁睁地看着自己走进坟墓，而它们却只会产生轻微的磨损。说它们是牛奶瓶底，是把纤细精致的特点强加于它们了，其实这是它们不屑一顾的。它们像你有时在英国酒吧里看到的铸模玻璃窗一样厚实。镜片后面，他的眼睛有些朦胧闪躲，好像喝醉了一般。我喜欢直视别人的眼睛，但在这种情形下，我仿佛在看着飓风的眼睛。

我拒绝了他的提议。我极度渴望看到遗址，就好像它们——不管已经存在了多久——必须要在接下来的半个小时被我看见。同时，我不喜欢导游。我痛恨讲解，即使是有趣的导游。我喜欢跟着自己的节奏走，另外，从某种程度上说，我已经了解了萨布拉塔的一切——其实是，一无所知——我认为需要了解的一切，如果有什么是我还不了解而又认为需要了解的，我会去查找信息，等我回到舒适的家中，身边环绕着新买来的书的时候。

远远看去，萨布拉塔遗址似乎不那么壮观。接着，大剧院的残骸挺立在我面前，金光闪闪。它看上去是巴洛克风格的，好像是一所里外颠倒的教堂，像被悬挂晾晒了好几千年，又被长久地遗忘。三层廊柱，一层一层叠加。它完全垂直于地面，中间有许多缺口——应该说是，窗户—— 一眼望去，天空像是承受着巨大的重量，仿佛是整个建筑至关重要的部分。建造它，或许就是为了框住永恒的天空，明亮的、长方形的蓝色天空。每个拱门都是一幅画，大大地框住了远方。相应地，这幅画中又有另外的拱门，另外一处风景。从这些拱门和窗户往外望去，天空被这座剧院框住了，剧院也被天空框住了。这种结构一直呈现不同的观赏它和天空的角度：对历史的新视角。

再怎么强调也不过分的是，在这个剧院，时光享受着它最漫长的演出。观众席变成了节目，而这节目从未变过，只有光线不同——而它当然也是节目的一部分。这是一场经典的表演。我踩在废墟的石板上。天空耀眼。一切都消失了，又浮现出来，闪着金光。而天空只需要存在，俯瞰众生，日复一日，连夜晚也不例外。说到夜晚，月亮早早地就升了上来。才下午三点，它就如此明朗。我对星体的物理学现象或者星座的神话故事丝毫不感兴趣。我只是看着它们，没有一点儿想法，只是看着这一片苍穹，看着闪闪繁星——在这里——看着白天出没的月亮，这简单地称之为月亮的东西。

我走到背面，走到剧院对着海的这一面。从这里看去，它十分坚固，像外籍军团[1]城堡的围墙一般坚不可摧。你肯定想不到，它只是一个空壳，一个电影布景，实际上，是从古装戏盛行的古代遗留下来的。它看起来如此逼真。我缓缓离开剧院，走到一片有一些零散遗址

① Foreign Legion，法国于19世纪30年代成立的军团，在法国海外殖民地作战，除高级军官外，均由外籍人员组成，以勇敢和坚忍著称，因19世纪末20世纪初在法属北非的战役而闻名。

的地方。塔鲁斯的雕像只剩下托加袍[1]的褶皱部分。躯干什么都没剩下——没有头，没有手臂——除了结实的脚部，微妙地映衬了里尔克在《古代的阿波罗躯干塑像》中写的：你必须换掉你的衣服！

惨白斑驳的月亮挂在剧院的窗户和拱门上空。我又回到那里，回到剧院里面（像这种没有顶棚的地方却依旧有“里面”一说）。现在很暖和。舞台旁边有两条雕刻的海豚，活像跳出水的鱼儿。石块闪耀着已照射了不知多少个世纪的阳光。一家人走上舞台，又悠闲地走开了。木头也尽全力闪耀着。当然，在这里，石头和木头之间也没有什么突兀的差别，全都沾染了沙漠的某种特质，最终都要——甚至是注定要——回归于它。

我越来越喜欢我的司机，但因为这样那样的原因，第二天他有别的事情，酒店安排了一辆出租车送我去的黎波里往东八十英里的胡姆斯城，它是离莱普提斯最近的城镇。我怀疑他们在车费上宰了我一把，但就这么算了。我被大雨弄得太沮丧了，完全没有心情在意是不是被宰。是的，下起了倾盆大雨。这个季节不应该下这样的大雨，但就是下了。我好像中了什么气象诅咒。天气

① 托加袍（toga），古罗马市民穿的宽松的布袍。

围绕我的出现而调整自己。锋区会飘过来。低气压带会形成。我每到一个地方，那里就会下雨。直到昨天，我都一直被告知，天气很好。直到昨天，之前的六个星期内，一滴雨珠都没掉过，一丝云彩都没有。如果我早在这儿，早就下雨了。旱季也会变成雨季。我在印度果阿的时候，新年夜居然下起了雨。因为我，火人狂欢节的沙漠也下起了雨，六月的龙目岛也下起了雨。现在，在利比亚，离开的黎波里之后，我们疾驰在高速公路上，大雨——几乎如潮水一般——倾倒而下。与其说我们在沙漠边缘的公路上，不如说我们正置身于漂浮在北海的拖网渔船之中。

路上没有别的车辆。我像是一位有专车护送出行的总统。这也是石油输出国组织具有讽刺意味的事情之一。许多石油大国有道路——和石油——但就是没有交通。他们出口的不只有石油，还有自己的交通问题。在来利比亚的前夕，我在家看了四个小时的电视，里面的广告全是汽车广告，一个接一个的汽车广告，每一个都在向你推销汽车（在沙漠中滑行，在拥挤的车流中闪躲，在乡村小路上行驶），但就连小孩都能在如此大量的汽车广告中看出人们实际在推销的是什么：交通。

瓢泼大雨淹没了道路，我们不得不穿越子午线，沿着西行的道路前进，驶向可能即将出现的车流（其实什么也没有)。尽管司机开车很小心，我还是不喜欢他。他很年轻，穿着漂亮的大衣、漂亮的鞋子，头发剪得很短，嘴唇因为长期吸烟显得干燥，而且——尽管他很努力地掩盖——还是有一种生活安逸的人所具有的神情。

离莱普提斯最近的酒店是“阿加米”，一家所谓的旅行酒店。我已经被大雨弄得很消沉，到这儿之后，心情更是跌到谷底。这可真是个让人极度郁闷的地方，比的黎波里那家阴郁的酒店还要阴郁。一种糟糕透顶的愁闷笼罩在大堂的上空。一些人在大堂里看电视（此时是上午十一点)，其中有些人是酒店的员工，这些人都一副无所事事的样子，或者这辈子也不打算再做什么事了。而我却有一样托尔斯泰式的任务：开始办理入住手续。

“你是一个人住吗?”前台的职员问道。

“是的，”我说，“纯粹是一个人，十分担心天气状况。”

几个小时后，太阳隐约出现了。雨还在下着，不过已经有些阳光了。接着雨停了，太阳出来了。大概有十分钟吧，一会儿晴一会儿阴。接着太阳又出来了。这一次它好像是停稳了。过一会儿又阴了，然后又晴了。阴云悄然散去，雨下到别处去了。我开始出发前往莱普提斯。

遗址的入口就是塞普提米乌斯·塞维鲁凯旋门[①]：被脚手架包围着，正在整修——因而令人失望。它提醒我们，历史的留存并不仅仅是因为其自身的长寿，脚手架对古迹魅力的破坏是致命的。它屹立在线条明朗的古代石板路和无垠的天空之间。我继续往前，走向竞技场，那里有一大片荒草和稀稀拉拉的几根圆柱。我立即就有了感觉——只在世界很少的几个地方有过的感觉——好像进入了某种力场，时间仿佛在此停滞。我第一次体会到这种感觉是在迪耶普的索姆河[②]边，在别处再也没有那么强烈的感觉。其他人走进大教堂，走进沙特尔[③]或坎特伯雷[④]，走进随便一所教堂都会有这样的感觉。我觉得自己在这种地方从来不会有这种感觉，因为我缺少可以激发这种感觉的信仰——哪怕是一种对信仰

---

① 该建筑是为了纪念塞普提米乌斯·塞维鲁皇帝在公元202年的两河流域前线大获全胜，并于公元203年荣归故里而建造的。

② Somme，法国北部的一条河流，起源于圣康坦东部，流经亚眠，在迪耶普东北注入英吉利海峡；索姆河上游是第一次世界大战中激战的战场。

③ Chartres，法国北部城市，以哥特式大教堂闻名。

④ Canterbury，英格兰东部一城市，有著名教堂，为中世纪英国宗教圣地。

的厌恶。类似的地方——清真寺、犹太教堂——也同样如此。（在佛教或印度教的寺庙中，我感觉更自在，在那里，信仰是包罗万象的，只要你喜欢，你甚至可以在供桌上放一只可爱的唐老鸭，不会侵犯到神灵，也不会打扰那美学上的和谐。）在得克萨斯州休斯敦的罗斯考小教堂[①]，我也有过顿悟。在这个著名的不受教派控制的环境里——它为所有像我一样在传统的教堂中感觉不自在的人提供冥想之地——我什么也……没感觉到。什么都没有。如果非要说感受到什么的话，就是一切都有点假，甚至是伪善的。时间充裕，我不着急。我在那里坐了很长时间，等着某件事发生，希望能有醍醐灌顶的顿悟。这种事情是做不得假的：这种了不起的体验，或者有，或者没有。我以为它不会来，然而它来了。

在陶斯村，D. H. 劳伦斯曾经体会过一种抵达感，一种“最终感”。劳伦斯觉得，有些地方让人感觉只是地球上的临时之所，而陶斯则能留住古老的时间。这里也是如此，在莱普提斯。它不是我进入的世界，而是过往的梦幻地带。我在“奇异地区”。

我总能知道我在“奇异地区”。当我在“奇异地

① Rothko Chapel，休斯敦的一座与宗教宗派无关的教堂，即任何一个宗教的教徒都可以在这座教堂内祈祷。

区”的时候，我不会希望自己在别处；当我不在“奇异地区”的时候，我总会希望自己在别处，希望我能在“奇异地区”。

一条窄轨距的铁路蜿蜒而过（为了修整遗址而建，现在也成了遗址的一部分）。哈德兰尼克浴场被最近这场大雨淹没了。水面被风吹皱了。有一些易拉罐在浴池底下生锈了。杂草在破碎的瓦片上颤动。

当然，这些细节都直接来自《潜行者》①：我是从导演塔可夫斯基那里知道“奇异地区”这个概念的，但《潜行者》里面的“奇异地区”并不是唯一的奇异地区。如果不是看了《潜行者》，我不知道自己能否明白我想要到达的地方——以及我想要进入的状态——就是“奇异地区”。在观看《潜行者》之前，我只是有这种需求与渴望。从某种意义上说，在看这部电影之前，我可能已经进入过“奇异地区”。但是身在“奇异地区”，意味着首先你得意识到你在“奇异地区”，那时我还不知道“奇异地区”这种东西，所以并不算真正进入过。这就是“奇异地区”的妙处，也是我热爱它的一个方面：我知道我在那里，我知道在塞维鲁广场时，我正在这个

① 《潜行者》（*Stalker*），1979年苏联科幻电影，导演安德烈·塔可夫斯基（Andrei Tarkovsky）。

地带。

在四面高墙的包围之下，在广阔天空的覆盖之下，直到走进里面，塞维鲁广场才真正展现在我面前。在竞技场，我仿佛进入了某个过去的力场；而在这里，我则完全被包围——被密封——于其中，被筑墙围住。这种感觉更加强烈，因为这个地方如此广袤，让人很难想到可以类比的东西（有许多许多个篮球场或网球场那么大）。跟空旷、廊柱稀疏的竞技场不一样，它有很多断壁残垣。它看上去像一个储藏室或仓库，专门存放等待整理和运输的古迹碎片。跟一堆柱子和底座一样，石灰岩的碎片也被分堆摆放得整整齐齐，仿佛这里要被当成有着坚实石墙的考茨伍德村庄重建一样（伍德的莱普提斯）。围墙下面是圆柱和柱廊。有些地方先前的雨渍已经消失不见。一个小时之前还湿透的大理石石板现在已经干得可以坐人。其他地方的雨水积了有几英寸深。阳光在水坑上跳跃，在石块上投下波浪状的影子，让它们看上去像水一样，随时会化掉。摇动的阴影下的一块圆柱上刻满了字。留意到它的同时，我也发现一个男人正缓缓地向我走来。

“愿真主赐你平安！”[①]

① 原文为阿拉伯语。

“**愿真主的安宁降临于你！**”[1]很快我们就换成了最好沟通的法语。

“你在这里做什么？”

“我是来旅游的。”这个回答已经不止一次让人茫然不解了。

“旅游？”

“是的。”

“跟旅行团来的吗？”

“不是。”

“独自一人吗？”

“是的。”我说，“就我自己。”[2]或许是因为用法语交谈，但是这个问题——“独自一人吗？”——却有一种存在主义的本质。来这里前不久，我刚跟女朋友分手。我独自一人，人生的大部分时间里都是一个人，而且很有可能会孤独终老。当然在与他人交谈时，我才想到这个问题。刚才独自闲逛的时候，我感到非常幸福，因为我在“奇异地区”。而一跟这家伙开始交谈，我就背负了深深的孤独感。这也是“奇异地区”的特点之一：这一刻你还身处其中，下一刻你就出来了。你只是

---

① 原文为阿拉伯语。

② 以上交谈均为法语。

在某个地方，希望事情能有所不同。我告别了这位新朋友，继续往前走。我不得不独自上路，这样才不会感到孤独。

一片乌云迅速地笼罩了广场遗址。天暗了下来，接着又亮起来，然后又暗了。或许移动的不是乌云，而是地球本身，在自己的轨道上猛烈地运转。我似乎在从遗址的角度体验时间：从延时镜头中望去，几年、几十年甚至几百年都像一天一样过得飞快。石块们短暂地闪耀着刚才吸收的阳光。等天空完全阴沉的时候，它们的光彩也消失了，变得晦暗了。我感到失望，有一种被欺骗的感觉。我发现自己在过去的十五年来，一直背负着同样的负担——绝望的期望——从世界的一个角落跑到另一个角落。我再也承受不了旅行时过山车一般的情绪波动，如波涛般汹涌的兴奋感，沮丧的低谷，还有被无限延长的无聊和不便之感。坐在广场里已经不再令人愉悦，回酒店却更加可怜。我多么希望有人可以听我倾诉，一旦这个愿望实现——我发现有人正站在我身边——我又想独自一人。

我的新朋友叫作阿姆德。他停顿了一下，说道："曼联队……利兹队……阿森纳队……切尔西队……"

"托特纳姆热刺队？"我提示道。

"托特纳姆热刺队，"他重复道，"纽卡斯尔队……

阿斯顿维拉队。”好不容易连着说了几个，他又结结巴巴起来。

“丹尼斯·博格坎普[1]，”他说，“卡努[2]，比埃拉[3]……佐拉[4]。”

这就是证据，在英国足球，乃至外交关系的国际语言方面，一个新的纪元已经开启。他本应该从博比·查尔顿[5]开始数起，然后是丹尼斯·劳[6]和乔治·贝斯

---

① 丹尼斯·博格坎普（Dennis Bergkamp，1969— ），被誉为世界上最完美的前锋之一，前荷兰国脚，2007年获选入英格兰足球名人堂。

② 卡努（Nwankwo Kanu，1976— ），尼日利亚足球运动员，司职前锋，曾效力阿贾克斯、国际米兰、阿森纳、西布罗姆维奇、朴次茅斯，现为自由球员。

③ 比埃拉（Sebastián Viera，1983— ），乌拉圭职业足球运动员，效力于西甲球队比利亚雷亚尔。2005年比埃拉曾有机会加入阿森纳，但因未能通过体检而无法成行。

④ 佐拉（Gianfranco Zola，1966— ），意大利足球运动员，司职前锋，绰号矮脚虎、小巨人。

⑤ 博比·查尔顿（Bobby Charlton，1937— ），被认为是英格兰足球史上最著名的球员。

⑥ 丹尼斯·劳（Denis Law，1940— ），前苏格兰足球运动员，16岁开始职业生涯，1960年加盟曼城，1962年加盟曼联，并于1964年荣获“欧洲足球先生”称号。

特[1]，再到最新的人名。但是，我没有时间多想，因为阿姆德又开始了。

“头。”他指着脑袋说。接着，他指着自己的鼻子，“鼻子，”接着，指着自己的手说，“手臂。”然后他说，“牙齿。”

“坏牙齿。”我残忍地说，“黄牙齿。”这些形容词对他一点意义也没有。阿姆德活在一个只有名词的世界。

“树，”他继续边指边说，“石头。”他不会说形容词，也不会说动词，只有名词。这与我们认识的方式相符：他没有走向我，没有靠近、闲逛或者走开；我只是简单而突然地遭遇了他的出现。这种基本的语言发展状态也预示了这处文明不可避免的终结：只剩下名词的遗迹——圆柱、石头、树。没有动词。历史终结于动作。沉浸在他那毫无动词的世界中，阿姆德没有移动、离开或走开的意思。我开始怀疑他的动机，不是说他露出了什么不好的企图，而是仅仅觉得，维持这么单调的对话肯定得有什么用意。尽管我也有互动——指着物品，说出它们的名字——但自始至终我都觉得非常无聊，无聊

① 乔治·贝斯特（George Best，1946—2005），北爱尔兰足球运动员，被公认为英国足球史上最伟大的球员之一，也有不少人认为他是足球史上最有天赋的球员。

到快要发疯。相反，阿姆德却非常自在，证明了我曾经朦胧地怀疑过的某件事情：在世界上的许多地方，无聊是根本不存在的。

或许，无聊是现代西方人的特质。在西方，自我和时间之间总有冲突；而在非洲和亚洲，许多人能够与时间和解，任由它来去。在喀拉拉邦[①]坐火车的时候，我认识了一个人，他要在火车上度过将近七十个小时。对此，他泰然自若。我自己的旅程只有三个小时，其实我还挺享受的——但已经期待它赶紧结束了。旅速越是加快，这种感觉就越明显。从欧洲去美国，坐船需要几个礼拜或几个月的时候，没有人会因为不耐烦而痛苦。增加的速度只不过是增加了我们对任何一点延误的不耐烦。当去哪里都不需要时间时，我们又该等待些什么呢？或许那时候我们就会变成没有时间感、没有动词的阿姆德。或者，只有世界上的每个人都容易察觉到无聊时，全球化才能完成。这时，我已经受够了：我想回到酒店，回到我不愿意进去的酒店。

惊讶，惊讶！酒店的餐厅关闭了。不过不要紧。听

① 喀拉拉邦位于印度西南沿海，首府特立凡得琅，1956年由马德拉斯部分地区和前特拉凡哥尔柯钦邦组建。

前台说，镇里有几家餐厅可以选择。所谓的选择无非是在四家卖烤鸡的店中挑一家而已。我走进一家，在桌子对面的水池里洗手，没用店里的脏毛巾擦手。我点了半只鸡，吃了一点。我想，味道还不错，如果你喜欢那种东西——但我很难理解会有人喜欢。晚餐（姑且称之）之后，我沿着大街往回走。烂泥和垃圾搅和在一块，堆在污水沟里。汽车丁零当啷吃力地驶过。路人都慢吞吞地走着，看到我这个瘦长的陌生人也不加理睬。

回到酒店，我开始读书，到读不下去的时候，就上床睡觉。跟我平常睡觉前的准备相反，我没有脱衣服，而是穿上更多衣服，不让自己的任何一个部位接触到肮脏的床单。就算这样，也无法阻止臭味——脚臭味和说不清的生殖液的味道——侵入我的鼻子，不过我努力安慰自己，闻闻脏床单又不会得什么传染病。我一直这样安慰自己，但我感到非常愤怒，因为肮脏，还有对肮脏的无所谓，以及不情不愿的服务态度，正是这家酒店的主要特点。虽然这些特点的反面——干净及周到的服务——才能让一家酒店能真正被称为酒店，而不是只能提供最基本的遮蔽的肮脏的小屋。我这些想法接近于激烈的正式投诉；但是（在这种情形下，“但是”这个词会不可避免地给人某种受委屈的感觉），我知道这里没有人会受理我的投诉，也没有可供投诉的上级，这些想法也就自生自灭了。所以，针对床单和脏污如此单纯的不满，也沾染了一种没有答案的形而上学的色彩，在我盘旋于肮脏的睡眠边缘时，成为对这世界的污秽与堕落的哀叹。

第二天清晨，除了有几片云彩以外，天空十分晴朗。鸟儿在歌唱。我又出发前往莱普提斯，空气还有些寒冷，但很快会变暖。到了之后，我走了几个小时都没有碰到一个人影。天气变得很热。月亮在图拉真凯旋门上空升起。那一刻，我发现自己又回到塞维鲁广场和旁边的廊柱。有些圆柱在阳光下闪着微光——由于长年的风雨侵蚀或者小偷偷窃，它们的大理石包层几乎消失不见了。我想，这应该是比较实际的解释。我更愿意认为这些圆柱是根据这样的模具浇铸的，比如星星这样的模具，比如构成星星的东西的模具。不止如此。因为在星星的光到达我们之前，它们经常是冰冷的石头那般死寂——实际上它已经不在那里了——所以我现在看到的正是灭绝了的城市上空的光。

我看着我那本关于莱普提斯的书，终于又有了一点进步。其中一页写的是一位艺术家的看法，这座古城在辉煌的鼎盛时期是什么样子。从这个角度来看，现在的遗址好像是往昔辉煌存在过的证据——负面的证据。重建得越多，可信度就越差：对我来说，古迹不是可被演绎推理的东西，准确地说，就是余下的东西。

换句话说，莱普提斯只有在成为废墟之后才有意义，它的没落正是它的辉煌（反之亦然）。这也是废墟的慰藉。游览里维埃拉[1]的时候，你肯定会想，要是能在二十多岁的时候跟菲茨杰拉德和泽尔达一起来这儿就好了[2]。废墟则不会让你希望能早点（在它们成为遗址之前）去看它们——除非，它们已经被破坏殆尽了。废墟——至少是古代的废墟——就是历史前进时扔下的东西。它们再也得不到历史的慈悲。只有时间会怜悯它们。

海的声音消失了。一切归于静默。这就是我一度渴望的：体验作为地理的历史，体验作为空间的时间。风是时间的呼吸，匆匆而过，而静默，则是停滞时间的昏睡。

零星的圆柱，拱门，雕像。古代的公共厕所。橄榄树。鸟儿的鸣叫。天空与大海映衬下的圆柱，两条蓝色

---

① 里维埃拉（Riviera），法国南部和意大利北部的地中海沿岸地区，从戛纳延伸到拉斯佩齐亚，以其优美的景色、宜人的气候以及假日游憩胜地而著称。

② 美国作家菲茨杰拉德和他的妻子泽尔达曾在里维埃拉小住，菲茨杰拉德在此创作了他最著名的作品《了不起的盖茨比》。

的带状物。

弗吉尼亚·伍尔芙曾对鲁伯特·布鲁克[1]说，叶子之间的蓝天是自然界最明亮的东西，这当然仅限于有叶子的查尔斯顿和英国的某些郡。古代圆柱边缘的蓝天才是最明亮的。圆柱的线条是世界上最锋利的线条，将自身与天空分割。对此，简单却完全不合理的解释就是：将圆柱与天空隔开的东西已经被时间耗损——变薄，因此锋利无比。天空就在眼前，又那么明晰。人为景观与永恒之间的完全隔离，永远无法像希腊或罗马遗址那般纯粹。这是看待它的一种方式，另外一种——看待它的不同方式——就是，遥远的过往得以与当下紧密相连。

废墟沐浴在永恒的现在，金色的阳光与凝滞的月光就是现在最完美的表达。我从一个地方走到另一个地方，不停地变换角度，欣赏圆柱、大海与天空。或许，遗址最简单的特点就是，经过一段时间，任何垂直的东西——陶立克式、爱奥尼柱式、科林斯柱式[2]，等等——都值得赞叹。尽管水平的诱惑最终总是无法被阻挡。这就是为什么古典柱在水平的大空和大海的衬托下

① 鲁伯特·布鲁克（Rupert Brooke，1887—1915），英国空想主义派诗人。

② 三种不同的柱式建筑风格。

更为动人。从它们的角度来看——从天空和大海的角度来看——莱普提斯依旧处在“遗址事业”的初期阶段，当水平不再被柱式的遗迹干扰时——空间最终胜过时间——莱普提斯终将变成沙漠。

屋内的雨

由于某些现在看来不值得一提的原因，我曾以为，想要写完一本早已放弃的书，唯一的办法是搬去底特律生活。还在罗马的时候，我就有了写这本书的念头，它将是一本关于古迹废墟的书，而我自己却渐渐成了废墟。我无法阅读，无法写作，无法做任何需要集中精力的事情。我总是被很多事情干扰，一件接着一件。所有的一切都互相抗衡、互相毁损。没有一件事情是令人满意的，没有一件事情是正常的。在外面的时候，我想回家；待在家里的时候，我又想出去。最极端的时候我会想，我得坐下，但等我一坐下，又会想，我得站起来，然后等我一站起来，我又想再坐下。我成天就这么坐立不安。我觉得自己正在变成特洛伊，那个我在修习所里遇到的小伙子，他的坐立不安曾给我带来很多消遣。我静不下来。就算我真的坐下来了，就算我坐下来并且意识到，坐下就是我想做的事情，不出几秒钟，我还是觉得再加点别的事情会让坐下更惬意。我可能会觉得，坐着干点什么事情会更好，比如喝杯茶，读一段叶芝的诗，或者听听音乐。刚坐了三十秒，我又会起身，去厨房泡杯茶，或去书房，在那里，别的东西又会让我分心，我可能又会开始做别的无足轻重的事情，很快又会再次放弃。这样，等我再次回到沙发前，那个时刻——想坐下的时刻——又过去了，我就不想坐着，我又会起身，去洗手间确认水龙头是不是拧紧了；或者去厨房开窗户，再关上，然后打开卧室的窗户——我又关上，再去厨房开窗户；或者拿起电话，确认之前是不是把听筒放好了。我越来越习惯于这种心烦意乱的状态，根本不再多想什么。然后，我读到《草地上的影子》中的一段话，作者伊萨克·迪纳森[1]讲述了一位画家在一战期间经历的一次精神失常："我在画画的时候……觉得应该去银行存钱。在银行存钱的时候，我又觉得应该去散个步。然后，等我从家走出去五英里之后，我意识到这个时候我应该在画布前。我四处游荡，自我放逐。"

① 伊萨克·迪纳森（Isak Dinesen，1885—1962），丹麦作家，著有《走出非洲》等书。

不止一次，在被某种家用炮弹震荡症或创伤前压力紧紧攫住时，我意识到自己还在继续运转——更确切地说，是继续不良运转。我已经精神失常了，却一直没有发现。我说的都是真的。一切早已变得零散、破碎。我无法集中注意力。每一天都碎成了一百万片。一天不是二十四个小时，而是八万六千四百秒，它们不会累积——不会像字母组成单词进而组成句子——因此，我没有足够的时间去做任何事情。每一天我都有无数的想法，却无法变成现实。十个小时根本不够干什么的，因为它并不是真正的十个小时，只是几十亿个小小的时间碎片，每个都短得什么也做不了。肯定是因为这样，我才会经常一个房间一个房间地确认所有钟表显示的都是同样的时间，有时候我还会从头再确认一遍，因为我会忘记考虑从厨房经过客厅和书房到达卧室造成的时间延迟。我的脑袋里仿佛有什么东西在乱窜，甚至比乱窜还要糟糕。乱窜指的是许多动物朝着一个方向奔跑；而我脑袋里的东西则朝着四面八方运动。混沌理论[1]、宇宙大爆炸理

① 一种兼具质性思考与量化分析的方法，用以探讨动态系统中（如：人口移动、化学反应、气象变化、社会行为等）无法用单一的数据关系，而必须用整体、连续的数据关系才能加以解释及预测之行为。

论[1]、熵[2]——这些物理、化学或者什么别的东西，都一直在我的脑袋里来来回回。最微小的挫折都会让我陷入盲目的恐慌。我没有惊恐发作[3]——我一直处在惊恐之中。并不是说我集中不了注意力，我是被与集中注意力相反的力量控制了，一种引发不可抗拒的分散感的离心力。

只有在有了去底特律生活这个念头的时候，我才又燃起了写那本关于经典古迹的书的希望。我从来没有在那里居住过，也早已经放弃了写那本书的所有希望，因此，从某种意义上来说，我的直觉是准确的——不过就在我失常的期间，我的确去过那里，参加第一届底特律电子音乐节，停留的时间很短。我的旅途开始时糟到不能再糟。我已经收拾好行李，准备出门的时候——却找

---

① 描述宇宙诞生初始条件及其后续演化的宇宙学模型，宇宙是在过去有限的时间之前，由一个密度极大且温度极高的太初状态演变而来（根据2010年所得到的最佳的观测结果，这些初始状态大约存在发生于300亿年至230亿年前），并经过不断地膨胀与繁衍到达今天的状态。

② 指的是体系的混乱的程度，它在控制论、概率论、数论、天体物理、生命科学等领域都有重要应用，在不同的学科中也有引申出的更为具体的定义，是各领域十分重要的参量。

③ 急性焦虑症，又称惊恐发作（panic attack）。指患者突然恐惧，犹如“大难临头”或“死亡将至”的体验，可伴有呼吸困难、心悸、胸痛等，每次发作持续几十分钟。

不到太阳镜了。我四处都找遍了，在脑子里一遍遍回忆最后使用它的场景，还打电话到有可能把它落下的地方，即使我知道我根本没有把它忘在那些地方。等到放弃寻找的时候，我的公寓已经一片狼藉。我发现了一个不容置疑、简单而可怕的事实：我弄丢了太阳镜。说这件事对我是个打击都有点轻描淡写。我爱这副太阳镜。按医生处方制作的镜片偏光很严重，还有一层淡淡的红色，让一切看上去都好多了——更清晰、更梦幻、更明亮——比起不戴的时候。十年前，我在新奥尔良的时候配了这副眼镜，从那时起，所有强烈的阳光下的东西，我都是通过它看到的。我对回忆不感兴趣——连相机都没有——但我真的需要进入这个梦幻空间，让世上的一切看上去都差不多。没有它，底特律——不只是底特律，**整个世界**——都会是一片灰暗和阴沉的地方。

在无数种容易丢失的情形下，我都做到了没有弄丢它。我戴着它环游世界好几次，从来没有差点丢失它的时候。它跟我一起去过迈阿密、罗马、柬埔寨、印度尼西亚、泰国、巴黎、黑岩城、利比亚……我可能并没有一直戴着它，但停留在这些地方的某个时刻里，我肯定都戴过它。说从来没有让它离开过我的视线，也只是稍稍有点夸张。但它的确让我形成了存放眼镜的基本原则：眼镜如果不戴在脸上，就应该在眼镜盒内。我时时告诫自己这个原则并切实地实行。我构想过无数可能丢失它的情形，然后做出相应的计划。我从来没有像照顾这副太阳镜一样照顾过什么东西。而现在，就在英国，我居然弄丢了它。到底怎么丢的？我不知道。如果我知道是怎么丢的，就会知道它他妈的现在在哪儿，不是吗？它是从我身边被人拿走的。

这里面有着某种寓意。或者不是寓意，而是事实。东西会丢失。它们只是消失了。你竭力不弄丢某个东西，但令人难以置信的是，克服了重重困难后你还是把它弄丢了。你越是贪恋一样东西，它就越有可能丢失，你受到的打击就越严重。现在就是这样，这就是我眼中的世界——闪闪发光的，不能聚焦的，刺眼的，模糊的——我像个鬼魂一般穿行在其中。从来没有照片能拍出我透过那副眼镜所看到的世界。这个损失是独一无二的。后来我试过其他镜片，没有一副有它独特的深度与清晰度。戴上它，就好像吃下一剂药，立即揭掉那幻觉般的庄严的面纱。我将再也看不到透过这副眼镜看到的世界。

从底特律机场到酒店的途中，我意识到，它不只是一副太阳镜，它是一种看待世界的方式，一种感觉，甚至是一种生活方式。

第二天清晨，我恢复了体力，却依然悲痛于太阳镜的丢失。我开车去了底特律美术馆，这是一座华丽的建筑，塞满了汽车城昔日繁华时期的劫来品。主要的展出是一场大型的凡·高自画像展出，有些画像还惊人地有着柯克·道格拉斯[①]的风范，而所有的画像，就连最沮丧的，也鲜艳得好像整个艺术史上最快乐的时期。我感觉我以前可能看过大部分画像，在世界各地的美术馆里，尤其是在阿姆斯特丹（不只是跟迷糊和阿姆斯特丹的戴夫一起吃了迷幻蘑菇那一次，其他时候也去看过）。除了自画像，也有一些画着黄色花朵的画。现在想起来，我觉得那个展出不怎么像自画像的展览。或许它只是一个从各种渠道各个地方搜集而来的凡·高画作的展出，其中大多数画作是自画像。那也没关系。对我来说，那个下午，重要的不是凡·高，而是弗雷德里克·埃德温·丘奇[②]。那幅画叫作《海边的叙利亚》（1873），画的是沐浴在落日余晖中的圆柱遗址。旁边的简介指出，这幅画表现了“遗址中的文明，屈从于大自然的力量。衰败的建筑，长满了植物，标志着大自然的

① 柯克·道格拉斯（Kirk Douglas，1916—2020），美国电影演员，曾在《凡·高传》中扮演凡·高。

② 弗雷德里克·埃德温·丘奇（Frederick Edwin Church，1826—1900），被认为是美国19世纪后半期最伟大的风景画家。

力量超越了人类及其建筑”。

从底特律美术馆驱车前往密歇根中央火车站（在旧的底特律老虎体育场附近）的途中，这幅画一直停留在我心里。在我看来，丘奇的作品里可能有一点道林·格雷的影子——画中城市的灭亡换取汽车城的永远繁荣，最后却变成了底特律衰败与沉沦的寓言或预言，这种衰败和沉沦的典型就是密歇根中央火车站。

火车站建成于1913年，是一座巨大的新古典主义建筑，有十五还是十六层高。它是一个已经被废弃的火车终点站。入口处被科林斯式圆柱围起来了。每个窗户都是破的，说明这个建筑余下的能量——还有很多——都将用来目睹自己的衰败。我在站前停下车，走过去跟几个正在拍照的人交谈。

“哦，我们只是在这里照几张相。”那个女人说，“正想要人停辆白色汽车在画面中央呢。”

我看着我的车。停的位置可真够蠢的。我急着想跟人搭话，就说：“其实，我是为了你们才停那儿的。”

“是吗？”

“你会想起，在卡斯帕·大卫·弗里德里希[①]的画作

---

① 卡斯帕·大卫·弗里德里希（Caspar David Friedrich，1774—1840），德国浪漫主义画家。

中，通常都只有一个物体，比方说，一个僧人，站在破旧的寺院前，或者——最出名的例子——站在海滩中央。小物体让德国浪漫主义深不可测的渴望有了一种聚焦的感觉。在现在这种后工业没落的景象下，拍人像可能不太合适，但是一辆汽车——白色**福特**，会提醒你——或许这是你想要的，结构上的象征性。”

我刚从美术馆直接来到这里，所以这种谈话对我来说十分自然。它让我占领了“智慧高地”。不过，我却没有收复“基本礼貌的失地”。“我有一个办法，”我补充道，“我把车挪一下。”

我回来的时候，拍照者很高兴地休息了一会儿，告诉我是什么吸引他们来到这里的。

“想象一下，‘二战’的时候这里会是什么样子。”男人说，“军人和物资都从这里中转。这里的规模。人，汽车和卡车来来往往。火车……”

我试着想象这些场景，却做不到。

“废墟不会鼓励你老想着它们在辉煌时期、在它们成为废墟之前是什么样子。”我说，“罗马圆形角斗场或大莱普提斯的竞技场从来都只是遗址。它们是永恒的遗址。这里也是。沉浸在自己的静默之中，这座建筑在任何时候都没有像现在这样壮观。遗址不会让你想起过去，它们会指引你看向未来。这种效果几乎是先知性的。它就是未来的样子。未来总是会变成这样。”

拍照者们就算被这番口才及学识的展示吓到，也不会将它表现出来。他们还频频点头，仿佛某个人开车过来，连句“请勿见怪”都没有说，就来了这么一通复杂缜密的分析，是一件非常自然的事情。这是关于遗址的谈话，我只是机械地重复我在那本已经放弃的关于遗址的书中写到的内容。他们当然不会知道。他们能够这样从容地接受，倒是让我大吃一惊。

火车站仿佛被天空框住了——因为那些破碎的窗户——就好像是被天空戳破了：中西部独有的天空，大草原一般的天空，广袤无边的天空，看上去仿佛巡视了世界无数次的天空，永远无法参透的天空。一架飞机轰鸣而过。我心想，如果我有相机，肯定会把这架飞机和我的白色汽车还有火车站照在一张相片里，意思是各种交通方式汇聚在一起。我差点就要对他们说这些了。不过我却问他们是否知道卡米洛·乔塞·沃加拉[①]的作品，他曾站在现在我们站的位置与这栋建筑合影。他们说不知道。我很吃惊。我以为他们像我一样，来这里是

① 卡米洛·乔塞·沃加拉（Camilo José Vergara，1944— ），著名摄影艺术家，出生于智利，曾经获得过麦克阿瑟基金“天才”奖。

追随沃加拉的足迹。我来这里是为了参加底特律电子音乐节，但我来得这么早，就是为了亲眼见到他拍过的实景，看一看他看过的地方。

沃加拉想要将荒废市区的某些地方保留下来，作为"美国的雅典卫城——也就是说，让现在这片充斥高楼大厦的废弃之地变成古旧的遗址公园"。问题是，这些大楼继续衰败下去——碎片开始从二十层的高楼掉下——会变成什么样呢？对沃加拉来说，它只是管理上的细节问题——定期的巡查可以找出问题，在有人受伤之前修好它们。他说："这些大楼的外表面可能要几个世纪才会剥落。在这个过程中，半覆盖的框架将会逐渐显露出崭新的、令人惊奇的景观，展现出独特的美感。"他坚称，这个构想与市区的发展计划并不冲突——可以"在遗址**周围**进行，就像罗马一样"。

不幸的是，这个计划"被大多数人认为往好里说是误导人的计划，往坏里说是最残忍的玩笑"。我个人觉得，它是一个精彩的构想，而在音乐节开始前的这几天，我的行程大部分是根据沃加拉的照片制定的。许多废墟——例如布克·凯迪拉克酒店[①]和斯塔特勒·希尔

---

① Book-Cadillac Hotel，开业于1924年，曾是底特律最高级的酒店，接待过无数总统、电影明星和运动员。

顿酒店——在地理位置上的重要性，堪比第一次到纽约的游客心中的帝国大厦或自由女神像。随后，告别了拍照者朋友——他们流露出想要自行游览，不想听这个无所不知的陌生人说教的情绪——我来到高地公园的福特汽车旧厂，从那里再到布拉什公园，它在新的老虎体育场以北几个街区，就在伍德沃德大街上。

十九世纪末期，布拉什公园是整座城市最富庶的地区；现在，它只是一片废弃的维多利亚风格的豪宅。房屋和被烧坏、被抢夺的房屋废墟是那么单薄，让这片地区有了一些轻快的田园风情。许多墙壁上爬满了植物——就像丘奇画里的一样——几乎全被它们盖住了。一辆漆着斑马条纹的货车停在草地上，更让这里有了一丝简陋的狩猎公园的感觉。一个床垫被扔在路边。它习惯了慵懒的生活，现在躺在大街上，看上去格外别扭。它被雨水浸透了，好像过不了几天里面的填充物就会掉出来，它也会很快变成碎片。几个流浪汉围在火堆边。浓烟四处飘散，云彩也是。一个老人拄着拐杖，一条腿的膝盖以下被截掉了。有人坐在门口读报纸，聚精会神的样子像一位学者在破译象形文字。这真是一个宁静的场景。我觉得自己像银行家一样显眼，于是锁上车，走到街角的商店——“乔治的超市”——不可思议的是，它居然还在营业。我买了一罐可乐，又走回到外面。半个小时之前，在高地公园，我看到一块牌匾上说，第一辆福特T型车于1913年驶下生产线。到1925年，每天都有九千辆T型车制成，“为二十世纪的生活建立了一个丰富的模式”。而今，在二十一世纪，我坐在布拉什贫民区的马路牙子上，喝着可乐，看着人们推着购物车，仿佛这世界是个巨大的废弃的超市，里面没有什么东西可买——除了在这最后一个文明的边缘，“乔治的超市”。布莱克的那句诗是怎么写的？（我曾在修习所里布莱克的全集中读到过。）“智慧在荒凉的集市售卖，却无人问津。”“乔治的超市”却生意兴隆。人们不停地来来去去，用现金购买100%的瓶装智慧。他们得到的却不是智慧，只是它那被人忘记的表亲——遗忘。

在这一切之下，遗忘的渴望在涌动。

我看着那个专心看报纸的男人，又看了看另一个人，他正把双手放在火炉上烤火（那天不是很冷，但在这片废弃之地，你不会错过任何一个取暖的机会）。我想，如果我最后变得像他们之中的任何一个一样，我也不会介意。真的，在这种生活中，发生什么事对你来说都无所谓。是什么让我跟那些老人不一样呢？一切。或许，我根本就跟他们一样。很明显，我租来的车就停在这里，我可以随时开回去，回到庞恰特雷恩酒店的舒适之中，或者开到机场，从那里坐飞机走，至于交通方式的选择，飞机是极限。但是如果要比灵魂和心灵的状态，我就不知道谁的更自由了。

坐在布拉什公园的荒地上，我好像有了点李尔王的感觉，但是那一刻，我们之间几乎没有任何可比性。谁更幸福？除了幸福的能力，还有什么可以衡量生活的吗？“他们想要什么，去奇异地区的那些人想要什么？”电影《潜行者》里面的作家问道。“幸福，最想要的就是幸福。”潜行者答道。被问到奇异地区会让哪种人通过的时候，他说：“我想它会让那些已经失去所有希望的人通过。不是好人或是坏人，而是可怜的人。”那么，我们通过奇异地区的机会差不多是相等的。只不过，我坐在这里沉思我的可怜之处时，其实觉得非常幸福——但那一闪而过的幸福感就好像在冬天晒太阳。走出阳光之地，你会觉得冰冻刺骨，除了把手放在火炉上烤火（我们绕了一大圈），没有别的办法取暖。在这幸福的表象之下，是冰冷的大地——夯实、稠密的绝望之地。我想，这就是为什么我觉得满足和平静吧。我不再对什么都看不顺眼，不再竭力让自己幸福，不再挣扎着想要从那说不清道不明甚至不知为何物的负担之下——或许是自我？——从拽我下沉的东西手下释放自己。我有些羡慕那些可悲的老流浪汉，他们梦想实现的一切都落空了。我本想立即与他们互换——不过我没有。

星期天早上——为期三天的底特律电子音乐节的第二天——下起了倾盆大雨。天气令所有人沮丧无比：组织者和表演者们比观众更受影响，不过我觉得很难找到比我更痛苦的人。当我的女友和我分手时，我觉得自己处在终生孤独的边缘。现在我不那么想了；现在我觉得，我正处在终生孤独之中。许多年来，我的自信都在最低潮。我本该幸福的——有人付钱让我来这里——但是幸福可不会理会这种命令。对自己说你应该幸福并没有什么好处。

跟任何出差的人一样，在飞机上，我也很盼望在底特律能有艳遇。情形对我来说再有利不过了：我的所有费用都能报销，我住在庞恰特雷恩酒店，这是一家商务级别的酒店，就在音乐节举行地的路边。音乐节会引来中西部甚至整个美国乃至全世界的情欲旺盛的狂欢者。我的位置绝佳。简而言之，很多条件都对我有利，可是同时我也没有任何有利之处。而且，音乐节的第一天，就有很多事情不对劲。

音乐节在哈特广场举行，这个广场位于新建的市中心，在河边，正好在庞恰特雷恩酒店的对面。星期六下午我就到了那里。音乐震天响，但整个广场没有几个人，除了几个被摆成半圆形的移动马桶——这么摆放，仿佛是为了最大限度地凸现它们的重要性。广场上有一些售卖T恤、书籍和唱片的小摊，还有几把咖啡馆的遮阳伞，上面印着“接受百事可乐之挑战”。广场地下的食物小摊也非常简陋、朴素、实用：花花绿绿的健康食品和纯素食的食品，与嬉皮士风格相差很远。

然后就是人群了——或者说，没有什么人。起初我还想，为什么那几个无精打采站着的孩子都那么矮。接着我才反应过来，那是因为他们的身体还没有发育完全，有些看起来好像根本没有开始发育。他们都穿着不可思议的裤子——宽度和长度一样——基本上代表了花哨时髦的美国狂欢者。我实在搞不懂这种裤子：怎么会有人穿这么肥大的裤子？它们基本上就是一种变异了的靴子。你不是在穿这种裤子，而是踩在它上面。每次我一看到这种大得要命、口袋多得要命、长得要命的裤子——长到可以住人的裤子，有人就会像蹚着水一样走过来，腿上的布块都可以当船帆用了。它们让我觉得**苍老**，那些裤子。那么的苍老。实际上，买了一件T恤后，我就回到了庞恰特雷恩酒店，在房里喝茶和吃饼干。

后来我去坐了捷运列车——环绕市中心行驶的无人驾驶高架列车。有些地方，列车经过时，离一些废弃酒店破碎的窗户和破烂的遮棚只有几英尺远。我在大剧场公园站下了车。这里仿佛是撼动整个城市根基的社会经济大地震的震中心。我强烈地怀念着丢失的太阳镜，走到一个可以看到一片结构独特的建筑物的地方——联艺剧场[①]、美术馆、帕克大街、斯塔特勒·希尔顿酒店、沃利兹大厦、大卫·布罗德里克塔楼——每一栋都严重地衰败了。风雨在它们外面肆虐了半个世纪，又挪步其中，仿佛在里面安了家，却丝毫没有因此而维护它们半分。

看着空荡荡的大楼、生锈的混凝土和陡峭的木框窗户，我开始相信，这些建筑并不是单纯的衰败——而是它们里面的某些东西渴望衰败。人也一样。建筑的目的——哪怕是最典型的巴洛克风格，尤其是巴洛克风格——和药物一样，都是为了抵制崩塌的冲动。（或许应该用“掩盖”，而不是“抵制”。）我们所能做的就是给它们涂上杂酚油，用健康和成功武装自己，努力让大雨、湿气和腐烂远离得久一些，努力延缓彻底崩溃和废弃的时刻，基于同样的理由，我们努力推迟每天第一次饮酒的时刻：因为时间越久，你会感觉越好。

---

① United Artists Theater，壮观的西班牙哥特式剧场，建于1928年，于20世纪70年代关闭。

即使这些建筑已经被废弃，即使它们不再适合商用、居住或任何用途，它们**仍然**没有真正倒塌。直到被炸药或破碎机弄倒之前，它们都会竭力生存。当其他一切都开始衰败的时候，它们会继续——没有其他更好的办法——站在那里，困在自己的角落里。要么是因为不知道，要么是因为习惯——顽固的记忆——让它们对此无动于衷。

等我回去的时候，音乐节上已经挤满了人。移动马桶已经淹没在人群之中——老的少的、黑人白人、夜店族和广场族、瘦的胖的和胖得吓人的——如潮水一般涌进广场。情形转变得如此之快，我着急地想要——实际上是极度想要——嗑药，但音乐节上没有人吸大麻，可能是因为那些警察。对此，我绝对忍受不了。

“不能吸大麻的音乐节，”我哀怨地对一个富有同情心的少年说，“根本不是音乐节，而是展销会。”其实在庞恰特雷恩酒店，一个来自伊利诺伊的家伙给过我一点点大麻。他告诉我，这周围有好多警察，还有好多便衣。但是，吸了这一点点大麻之后，我还想再吸一点，同时，我还变得加倍多疑，并且比平常更加谨慎。我穿着前一天买来的黄色“底特律制造”T恤衫，四处寻找吸大麻的人。只要看到有人鬼鬼祟祟的，我就凑上前去看他们是不是在吸大麻，但是没有人，这让我更加绝望地想要找到吸大麻的人。大多数人都在跳舞，但我根本不在意音乐，全部精力都用在嗅出吸大麻的人上。一个用过氧化氢漂白过头发的女人显然蔑视我的细查。几分钟后，一个穿着“塑胶狂人”T恤的孩子同样充满敌意地瞪着我。考虑到这是一个音乐节，人们都不是非常友好……

然后，我明白了。更确切地说，我恍然大悟了：我看上去像一个便衣警察。我那么想找到一个吸大麻的人，就像一个缉毒警察在巡逻一样。这个顿悟让我越发地疑神疑鬼，我觉得自己更显眼（尤其是没有太阳镜能够躲藏）、更不合群、更不自在。我试图沉浸在音乐之中，却无法轻易地摆脱我那不受欢迎的新身份。我肯定，人们都在我背后指指点点，提醒他们的朋友，这个穿着“底特律制造”新T恤的家伙，这个假装在跳舞的灰头发的瘦子，其实是个缉毒警察。

斯泰西·普伦[1]为音乐节的第一天做了压轴演出，选的是马丁·路德·金的“现在是时候……”的著名演讲。但现在，这样的夜晚不是我的，如果说曾经是的话，我觉得以后也不会是。它非常重大，事实上它是一个历史性的时刻（1963年，金曾经在底特律做过类似的

① 底特律DJ兼电影制片人。

演讲，就在华盛顿大游行几个月前），而我却站在一边，远离它，而不是成为它的一部分。当天的节目结束时，我其实松了一口气。人群开始涌出哈特广场。

在庞恰特雷恩酒店——平时住满了西装革履的汽车行业的经理——现在电梯里挤满了DJ、狂欢者、爵士音乐迷：各式各样在继续去酒吧或其他人房间寻欢作乐之前先回自己房间的人。这可能是任何一家酒店最新潮的聚集。我却完全错过了它，即使身在其中。我回到自己的房间，躺在特大尺寸的床上，喝着啤酒，看电视里放的色情影片《黛比搞掂达拉斯》，我把声音关得很小，让隔壁房间的人（后来我听到他们在做爱）听不到。如果你很开心，独自待在酒店——费用可以报销，喝着啤酒，看着色情影片——几乎是在天堂；可是如果你很孤独，没有人爱你，那么独自待在酒店完全是摧毁灵魂的事情。尽管我所看到的——特写镜头里的抽插动作——是真实的，在某种意义上是实际发生的事，这种审美标准却不合情理（金发碧眼的女郎穿着丝袜和高跟鞋，红指甲，乳房跟小气球一样大），所以任何肢体接触都显得做作、虚假、不可企及。那并没有让我停止观看。反而，正是因此，我才**继续**看下去。我想，我再也没有机会做爱了。我会这么想，部分是因为我正在看色情影片——既然我再也没有机会做爱了，也就没有什么可以阻止我看下去了：一种自我解嘲的慰藉。

星期天早上醒来的时候，我感到比昨晚好不容易睡着之时——当时我甚至没有手淫——还要凄凉。我拉开窗帘，发现外面下起了大雨。酒店里一片寂静。只有我起得这么早。其他人都还在沉睡，睡掉节日结束后的狂欢之后的副作用。在酒店里吃早餐这件事沮丧到令人无法深想。我穿越无人的酒店大厅时，一对穿T恤和喇叭裤的年轻情侣走进来——他们笑着，很平静，天真单纯，容光焕发。我离开酒店，在大雨中开车到了柯利克，杰弗逊往南一里左右的一家汽车餐厅。

跟“乔治的超市”一样，柯利克餐馆的生意火爆。人们狼吞虎咽，店员全力以赴地填饱顾客的胃。柯利克，就像一株汽车形状的营养之树，不停地输送无限量美味却又没有过多装饰的身体养料。尽管里面有很多人，我还是找到了一个四人座的卡座，完全复制了我酒店房间的极度孤独——两张特大号的床。侍应生走过来擦桌子。

“你好吗？”他说。

“我缚在一个烈火的车轮上，连自己的眼泪也像熔铅一样灼痛我的脸。[①]”我说，“除此之外，我还不错。

① 引自莎士比亚《李尔王》第四幕第七场。

你好吗？”

“我很好。”他咧嘴笑了，把桌子擦得非常干净。有时候，美国人非常重视金钱——做好你分内的事，否则我们就会找别人替你干——十分符合佛家的理念：圆满地完成一项任务，不是为了金钱，只是单纯地公平对待这任务本身。就算你的工作只是收走油腻的盘子和擦桌子也不要紧——你擦桌子是为了体现你的价值（每小时大约6.5美元），似乎你的生活就指望它了。

雨水模糊了窗户，我坐在卡座上，看着雨，啜饮着淡咖啡。我还读了会儿当地的报纸——《底特律自由新闻报》，上面满是关于音乐节被这场大雨严重影响的报道。我的食物端上来了。煎蛋很嫩，培根脆爽，薯饼很棒，尽管如此，我却沉浸在极度的忧郁之中。我是那么绝望，那么痛苦，根本不关心食物如何。

外面下着雨，并不是咆哮的暴雨，只是持续的细雨，那种仿佛没有要停下意思的雨，好像是要尽可能多地储备，以便如果有需要的话，可以持续到时间的尽头。“外面下着雨。”戈尔·维达尔[①]曾经嘲笑别人写出这样的句子，好像惊讶于或释然于**屋内**没在下雨似的。

---

① 戈尔·维达尔（Gore Vidal，1925—2012），美国小说家、剧作家和散文家。

但那一天，在柯利克，我低头看见屋内跟外面一样下着雨。被蛋液弄脏的盘子变湿了。水珠落在我的烤面包片上，弄湿了我的蛋味薯饼。就在我低头看的时候，雨下得更大了，什么也看不清。我在哭，不是抽泣，而是持续地流着眼泪。意识到我在哭之后，我觉得自己马上要抽泣了。我控制了一下自己，止住了泪水。我吃掉被打湿的煎蛋，看着外面的雨，希望能让自己忘掉屋内的雨。我崩溃了，我对自己说，吃早餐的时候我崩溃了。我对自己说这些，是为了让自己平静下来，尽量熟悉造成这次内在大雨的不平凡的事件，并将它演绎成平凡的事件。我忍住了抽泣，我虽然处在崩溃之中，却仍然津津有味地吃起了早餐。吃完煎蛋，我用餐巾擦了擦餐刀，把黄油和杏仁果冻抹在全麦面包片上。我喝完剩下的咖啡。我冷静下来。我不再流泪，却仍然心神错乱，没有比崩溃时好转半分。这崩溃还在。而我，在某种程度上，开始重新控制了自己。

外面的天气也变得晴朗，但我决定傍晚再去音乐节。我开着车走了。另外一辆车也驶离了柯利克的停车场，我想都没想就跟着它开了几英里，只是因为我喜欢它的保险杠标贴："铺就雨林之路"。我没有注意自己正去向何方，从单纯的驾驶之中，从一路经过的状况比我还糟糕的建筑中，我获得了某种慰藉。看色情影片的时候，你十分清楚，你正在看的是你想要做或者已经做过的事情，你知道那是“你”正在看；而当你驾驶汽车的时候，你只是一个正在开车的人。你是谁，答案之间并没有区别；你可以是任何人——这很适合现在的我，因为我最不想当的，就是我自己。

我来到一个地方，它位于94号州际公路之南，75号之东。我不知道它叫什么——你不能称之为社区；或许它就没有名字。到处都是类似于沃加拉照片的废墟，融合了乡村及工业的风格。某一刻，我发现自己站在沃伦大街上一个被砖块堵住的仓库旁边——“霍班食品”，就在里欧佩尔大街的东面。旁边有一个冷冻厂，一个水塔，还有一个仓库，仿佛还在使用中。大多数建筑都废弃了，里面空荡荡的，只有空气；它们空有仓库之名。不远处有两个教堂塔尖，越过它们则是新城区闪烁的天空。杂草肆意蔓延。雨停了，天空一片蔚蓝。甚至还有一些树。一条生锈的铁轨穿过这条路，自北向南。在蔚蓝天空的映衬下，褪了色的红色道口标志可以被当作一个标题或字幕，不只是它在美国绘画、电影及摄影史上的地位，赋予了空空的铁路道口标志一种特殊的共鸣。铁路与公路的交会之中，蕴含着某种本质的东西。

当你偶遇空旷的中西部的一个铁路道口，你会感受到一种喜悦，广袤的大地仿佛微缩成了一个点。你可能会迷失，但你会觉得自己正站在罗盘的中心点。那不只是铁路与公路的交遇；两条有方向的丝带般的路交会在一起，与毫无方向的空虚感如此不同，你会立刻屈服于一种极度的延伸感和一种强烈的交会感。

在繁忙的都市中，如果铁路尚在使用之中，而你又赶时间，没完没了地等待火车轰隆隆驶过，的确让人绝望；但在这里，在一条没有车辆的路上，围绕着废弃的工业建筑，面对一条不再有火车经过的铁路，我非常乐意等待，我高兴地靠边、停车、闲逛。我停下来，因为它让我感觉到时间也终止了，就在这停下的过程之中。或许这就是为什么它看上去像电影，甚至像照片。如果我沿着铁轨极目远眺，或许能看到多年以前从这儿经过的最后一趟火车，铁轨在它的身后生了锈。但我没有去看，也许是看得不够远。时间，就像火车，也在前行。此时已经变成了过去。所以，这个地方才有了这种地心引力般的寂静。我不是第一个回应它并在此停留的人：就在我的车轮旁边，我看到一小堆烟头，显然是被人从车里的烟灰缸里倒出来的。

我的情绪早已经明显好转。刚才我还渴望回到酒店，回到音乐节，听上几个小时乒乒乓乓的高科技舞曲，让它们塞满我的脑子，再也不像缉毒警察一般，但此时此刻，我不想去任何地方，或做任何事情。我喜欢这里。在这里我感到幸福。

周围是杂乱无章的废弃的停车场和铁轨。我的脚边有一个旧可乐罐。我踢了一脚，发现它还是满的，没开罐的。几片云彩向地平线飘了过去。一块生锈的标识还在恪尽职守：

请勿在BAC O C RB[1]停车

标识牌的下面是浓密的杂草。

几乎每一个混凝土的裂缝中都有一棵灰绿色的小草在发芽：大草原正在缓慢地回归。

---

① 生锈后模糊不清。

奇异地区

柯勒律治曾经有过一个著名的幻想，思考人们的梦境及其后果。他假设“一个人在梦中穿越了天堂，他的面前会有一朵花，作为他的灵魂来过这里的信物”。如果他醒来的时候，发现手中握着花瓣，“然后呢？”柯勒律治想知道。

然后呢？

2000年2月，一个昏暗的下午，我正准备飞往马尼拉。我从衣柜里拿出一件灰色的旧短裤，最后一次穿它还是去年9月份在内华达州。把它塞进帆布包之前，我掏遍了所有的口袋，希望能找到一叠忘了拿出来、被洗得皱巴巴的美元。口袋里空空如也，没有钱——除了几片滑溜溜的粉红色人造纤维羽毛。

1990年夏天，旧金山一份简报发布了一则通告，发起一次通往“未知”的“奇异地区之旅”。89个人在金门公园的棒球场内聚集，当夜驱车前往内华达州的黑岩沙漠。第二天早晨，他们看到的是一大片平整的白色的空地。远方有许多高山或小山坡，这么说一点意义也没有，因为在这里，一切都在远方。这片沙漠盆地就是纯粹的远方。

有人在地上画了一道线，说：“在线的这一边，一切都不一样。”然后这89个参与者手牵手踏过了这条线，进入了奇异地区。

他们随身只携带了很少的东西：一个发电器（为电影放映机放映《黑岩的坏日子》充电），一套音响和在鸡尾酒派对上穿的衣服（这个派对会在焚烧木头人像之前举行），一个霓虹标志，水，还有一个小帐篷。即使环境淹没了人们的感受，它也让人们无法抗拒地发挥了想象力。无限创意引发的联想，盆地的一望无垠，都被繁星点点的夜空映照无余。沙漠的极度空旷不仅呈现出壮观的景象，也让人们看到幻想变成现实的可能性。人们不禁沉思，等他们明年再来的时候，要做些什么。

1991年，他们和其他人回来的时候，这片空旷的土地上四处都是小小的主题露营：圣诞露营、英语露营……每一年，这个团队——还有它幻想的范围——都在扩大，直到十年后我第一次来这里的时候，它已经成了一个市：黑岩市，有着两万五千临时人口。

一年中有51个星期，黑岩沙漠的航拍照片都会显示……一片空白。除了气候，这里发生的任何事情，几千万年前都发生过。一年之中的一个星期，同一个地区的照片会显示，这里有一个城市，灯光的明亮与奢侈程度堪比拉斯维加斯。在这个星期内，它变成了地球上最显眼的城市，就像卡尔维诺笔下看不见的城市一样不可思议。然后，它就会消失。只剩下无边无际的沙漠。它无迹可循——除了在它的散布在全球的市民的心中和脑海之中。

黑岩城通常被认为是临时自治区（TAZ），哈金·贝[①]关于TAZ的颠覆性观点——TAZ“是一种暴动，不与政府直接交战，采用游击战术，解放一个区域（地域、时间、想象中的），然后自行解散，在政府摧毁**之前**，于另一个地方、另一个时间重新聚集”——这

① Peter Lamborn Wilson的笔名，1945年生于纽约，美国著名无政府主义者、政治及文化作家、评论家及诗人，因首次提出临时自治区的概念而闻名。

种理念在黑岩城被体现得淋漓尽致。火人节的“欢迎来到Nowhere[①]”标识牌上，Nowhere这个词巧妙地暗示你被允许进入此地（Now-**here**），就在此时（Now-**here**）。

在罗伯特·斯通的电影《大马士革之门》中，有一个人物被问到相信什么，她回答道：“我相信自由。如果我能拥有自由，那么所有人都能拥有。而只有当所有人都拥有自由的时候，我才能自由。”贝十分鄙视这种辩证的推延。“‘直到全人类都拥有自由我才能自由’这种话，纯粹是屈服于一种极乐世界的昏迷，放弃我们的人性，把自己当成失败者。”对有些人来说，获得一段时间的自由更重要，**此时与此地**。

在“无媒介的创意”区域中，TAZ提供一种“社会及个人范围的巅峰体验”。贝继续设想“全新的地域理念，一种朝圣地图，神圣之地将被巅峰体验及TAZ代替”。

哦，不过，神圣之地——圣剑寺、婆罗浮屠[②]、泰国考帕农普楞寺——也可以让人有巅峰体验。正是它们的持久性，那种时间在此停滞的感觉，赋予了它们

① Nowhere 在此意指“什么地方也不是的地方”。

② 建于九世纪之赛朗度拉斯王朝，为目前全球大乘佛教最大、最壮观之圣地。

力量。

普拉素贴寺坐落在距清迈十英里的素贴山山顶。一团红色的九重葛堆在宽阔的观景台上，这观景台好像悬浮在烟雾缭绕的城市之上。香火在燃烧。一排香烛在日光中热情地滴洒蜡油。旁边是一座金佛，上面有许多游客贴的金箔纸，在微风中飘荡。有些快掉下来了，在阳光中翻转、闪亮，有些完全掉了下来。油烛和焚香的浓烟让佛像在金色的火苗中若隐若现。

在世界的另一边，在黑岩沙漠，一座雕像塑成了，并不是为哪个具体的神而塑。在这里，人们也在纸条上写下讯息，贴在雕像上面。等我到那里的时候，雕像身上已经被密密麻麻的纸条弄得模糊不堪。想不起来要写什么，我抄了一些奥登的诗句上去：

也许，我就像它们一样
由爱和尘土构成
被同样的虚无与绝望围攻
放射出一束坚定的光芒

把这些借来的诗句贴上去之后，我在盆地闲逛，直到来到一个地方，这里聚集了一小群人。一个年轻人被吊在一个有机玻璃水箱里。他还在呼吸——在沙漠之中——通过一副水肺。一个貌似游乐场拉客员的人拿着扩音器对着人群喊话，宣传水中男孩的救赎表演。水中男孩的身体被涂成蓝色，全身赤裸，除了一顶牛仔帽之外——在水底环境中，这是非常恰当的装束—— 一位恳求者走过来，站在水中男孩面前——他吐着泡泡，像一杆大烟枪。

“你要放弃干燥吗？”举着扩音器的“传教士”喊道。

“是的。”即将“皈依”的人回答道。

“你要放弃什么？”

“干燥。”

“你信奉潮湿吗？”

“是的。”

“你热爱什么？”

“我爱湿润。”

“走上前来，跪下。”那个人照做之后，某个阀门打开，在他身上淋上水中男孩祭坛中的水。

“现在你是潮湿的了。往前走吧。”“传教士”说，“还有谁准备放弃干燥？”

我被许多类似的愚蠢的屁事分了心，等我朝着雕像

(我在上面贴了奥登的诗句)往回走的时候，天都黑了。如果那里有过什么仪式，我也已经错过了。等我走近的时候，雕像已经闪耀在火光之中了。有些纸条着火之后掉了下来，飞向沙漠的天空中，好像烧着的叶子。短短几分钟，那里已经是一片火光，在每个人眼中闪烁。

对于贝来说，TAZ是一个“令人满足的欲望的共和国”；为了跟上这个概念，一个朋友曾经这样描述“火人节”——在那里，你能成为你想要成为的一切。我们一致同意，它是世界上最性感、最迷人、最有趣、最友善、最狂野、最礼貌、最自由——的地方，你可以加上任何你想要的形容词的最高级形式，它们绝对适用：你所有的梦想在那里都可以变成现实。最后，他惊讶地说——他说这些话的时候满含泪水——居然有人不相信有这样的地方，居然有人不愿意去！

塔可夫斯基的《潜行者》里面的“奇异地区”就是这样一个地方：在那里，你最珍视的渴望会变成现实。电影快结束的时候，从奇异地区归来的途中，潜行者忧心如焚，因为所有人关心的都是“如何才能得到更高的价钱，如何才能让别人为每一次呼吸付钱……他们不相信任何事”。最终，当然，它也毫无分别：去或是不去，奇异地区——“地球上最静谧的地方”——**就在**

那里。

我定好了六点的闹钟，朝着西萨查那莱[①]古城遗址走去，天很黑，却依旧温暖。等我靠近环象寺的时候，黑沉的天空有了一丝色彩。包金塔周围的佛像都有不同程度的损毁：一座缺一只手，另一座缺了头，最为极端的是，有些居然只剩下优美的残石，证明这里曾经有过佛像。里尔克在《古老的阿波罗躯干雕像》中劝诫道："你必须改变你的生活。"这些毁坏的佛像没有劝诫任何人，却让我想起布罗茨基写的："人们会被自己热爱的事物改变。"布罗茨基故意更改了奥登这个观点的语句。1933年，奥登说过"人们会被自己做的事情改变"；1940年，他在《新年信札》中写道"我们会被自己改变的事物改变"；十年后，在《航行之中》，他更加详细地说明：

某些地方我们已经去过

① Si Satchanalai，素可泰的陪都，现存遗迹分为东西两个组团。东部组团主要包括高棉国王七世统治时代的建筑和"中央寺院"遗迹。西部组团包括在长方形范围内的九处遗迹，其建筑风格多种多样，包括斯里兰卡、缅甸、高棉和泰国本地式样。

我们的行为和面孔的留白
记忆中的场景未曾改变
只因变的是我们自己……

我沿着磨损的台阶登上一座小山，去往考帕农普楞寺。混乱的丛林和暗绿的田野在薄雾中潜行，挡住了周围大部分低地。四处都是猫头鹰的叫声和动物刺耳的声音，清晨鸟儿的啭鸣声，却听不见什么在动弹。每走一步，这静止就加深一分，就好像我正走近整个世界的平静之源。从两座剥蚀的包金塔背后走过，我看到了一座巨大的坐佛的背部，它身上悬挂着一条橙色的饰带，面向太阳，而太阳正向大树泼洒红光。

我们熬了一晚上，骑着自行车穿越盆地回家。这个夜晚并不是没有令人失望与困难之处。我们没能坚持到“伟大的加拿大狂吃竞赛”结束。我们离开盆地的途中，一场如非洲军团一般的沙暴席卷了整个沙漠，几里之内都没有躲避之所。

在这之前不久，两只霓虹袋鼠气球飘过点缀着几颗星星的夜空，但现在，夜色迅速地褪去。我们停下来看了一会儿停在沙地上的潜艇——“HMS[1]之爱”号。天气太冷了，我们没有办法久待，只得回到自行车上。我围着一条粉色的女式长围巾，围巾就是会这样，搅进变速器里了。我的自行车不动了。

“你的围巾把自己勒死了。”萨拉（她转满了一圈后，不再叫自己“圈圈”了）说。解开围巾没有花多长时间，我把沾上油污的几根羽毛塞进口袋，在灾难性的磨损下，我的羽毛围巾只是有一点磨破。我们向着营地骑去，碰到“火人”时又停了下来。

“火人太沉默了，不是吗?”萨拉说道。火人是一副木制的人体骸骨，很高，上面装饰着霓虹彩灯，它是发生在这里的一切的中心与重点。它本身就是整个事件的象征，代表着无穷无尽的穿越黑岩城的人。我们的帐篷旁边，一个穿着粉红色风向袋的瘦骨嶙峋的男子正在跳舞，在沙漠的风中，像一团火焰。从旧金山到这里的途中，我们看到许多汽车积满尘土的窗户上画着火人的简笔画：两条坡度很大的斜线相交于各自长度的三分之二处——作为胳膊、躯干和腿——还有一个简单的三角形当脑袋。前一天，萨拉在我的背上画了一个瘦长、病恹恹的版本。为了让人们知道我是谁，她还在下面用红色

---

① Her/His Majesty's Ship的首字母缩写，意思是“陛下的船”。

的日辉牌荧光笔写上我的名字：瘦人。

天空染上紫罗兰色，亮了起来。红彤彤、已经开始燃烧的太阳从远方的山后爬了上来，勾勒出火人的轮廓，把我们罩在火人肋骨和双腿的格子状的巨大阴影下。

弗洛伊德在《文明及其不满》一书中关于罗马的“想象力的飞翔”一语极大地启发了我。如果历史的连续时期被设想为是在分享一个共同的空间，那么以此类推，对某些地方有时间上的不同的体验——罗马、底特律、大莱普提斯、阿姆斯特丹、新奥尔良——也应该以某种形式同步出现。如果连续时期可以被同步体验，那么远方也可以被体会成内在固有。它们或许跟特定的地点相关，但在“心灵的领域之内”，有些体验——单独的、原发的、在他时他地的——最后都变成同一个地点和同一个时刻的体验。一切都发生在同样的时间和同样的地点——至少对于特定的事情、特定的体验来说是这样。我们不再需要年表、记叙文或小说，历史会有其无止境的沉淀——一种对物质的消极考古学。依旧会有悬念（实际上，除了悬念别无他物），但是没有文本。

就在我坐在这里写这些的时候，考帕农普楞寺就在那里，在它所在的地方，在它已经停留了几百年的地方。如果它就在那里，那么我也就在那里。当然，证明这一点的唯一的办法就是，回到那里。如果我**真的**回去了，我会发现自己坐在那里，或者四处闲逛，啜饮瓶中的水，做着难懂的笔记。与此同时，又有什么发生改变了呢？在佛的眼里，没有；在我的眼里，也没有。

据此我得出结论，黑岩城这个临时城市就在那里，我也就在那里……

为什么？因为奥登《侦探故事》的诗句突然有了极好的意义：因为它是**我的**家。

黑岩城像一个巨大的马蹄，相当于钟表上从两点钟方向到十点钟方向，以火人为中心点，指针（如果有的话）会移动。在由时间定义的空间之中，你总是可以准确地知道你在哪里。从中央露营地（六点钟方向）到火人之间，半英里长的路灯点亮的大道横贯在盆地之上。白天，路灯都熄灭了，这条大道既让人想到古罗马广场的圣道，又让人想到未来的考古遗址：人类文明的蓝图一闪而过。每天黄昏之前，一小队掌灯人会举行一个庄重的仪式，点亮这些路灯。火人通常是燃烧之夜的主要废弃品，但这种具有仪式感的点灯却点亮了不同的火焰：持久、前行的文明之火。

太阳已经落山。黑岩城的路灯正被点亮。我们在自己的营地，准备迎接寒冷的夜晚。当人们兴奋的呐喊声和欢呼声响彻整个城市时，我们正在往外套上缝电光线。塔米和约翰在他们的游艺车上，大喊着让我们过去。叫喊声越来越响了。从游艺车的顶篷，我们看到整个城市绵延数里。它的东北是一望无垠的盆地，正东是一片山脉，在它们上方暗蓝色的夜空中，是已经升起来的大如银盘的月亮。

从琅勃拉邦[①]开往万荣[②]的巴士蜿蜒前行于高高的丛林之中，丛林的大部分我们都看不见。雨季刚刚开始，旅途的大部分时间内，群山都笼罩在阴云之下。偶尔太阳会露个脸，而丛林会在我们原本以为只有薄雾、细雨和天空的地方显现出来。

几个小时后，我们在一个叫作卡西的小镇停下来吃午饭。我们走下车，四处张望，尽管周围可看的东西并不多。最值得观看的东西反而是我们：一大群孩子跑过来，看着我们笑，叽叽喳喳地说着什么友好的话。天气

① 琅勃拉邦（Luang Prabang），位于老挝北部，是古澜沧王国的首都和佛教中心，1995年被联合国录入《世界文化遗产名录》，被梦想家们称为“失落的天堂”。

② 万荣（Vang Vieng），老挝一个著名的休闲旅游地，山清水秀，民风淳朴，中国游客称之为“小桂林”。

十分潮湿，像是在下雨。一只蝴蝶落在旁边的马路牙子上，灰暗的翅膀垂直地紧闭着。围在我们身边的一个小男孩指着蝴蝶笑了，我们也笑了——是的，蝴蝶！——就算这样，卡西这样的地方也没有什么值得看的。男孩把手伸过去，蝴蝶张开了翅膀——湿润的几乎是黑色的蓝翅膀。每片羽翼上都有一个银色的月亮，还有散落的星星。蝴蝶收紧翅膀，再一次露出灰棕色的侧面。男孩又动了动手，我们又瞥了一眼那仿佛洒满星星的蓝色天空的翅翼。它仿佛是从“航行者”或“哈勃”传回来的画面：印在微小生物羽翼上的宇宙图。

谁还记得火人被烧的那个疯狂夜晚？你不是**记得**它，更像是你的脑袋始终燃烧着那段经历。你的一部分就在那里，还在等待它再次发生。我们在沙漠里待了五个日夜，火人总是在那里，沉默，不做任何评判，星期六那一天，一场大火来了。绿色的激光灯在空中来回扫射，让我以为是在室内的酒吧里。同时，我还以为远方的灯光——黑岩另一端营地的灯光——是来自拉斯维加斯的郊外。我把这两种想法掺和到一块，我觉得自己是在一家叫作“拉斯维加斯郊外”的大型酒吧里。一只霓虹蝴蝶闪过夜空，后面还跟着一群电光线鳕鱼。一颗彗星或是流星雨划过几百英尺的高空，火人开始燃烧。突然之间，一切仿佛卷入了兴登堡飞艇①遭遇的大火一般，所有人都彻底疯了。萨拉说："你说火人是不是被大火吞没了？"我觉得"吞没"这个词从来没有被用得这么恰当过。实际上，到处都被火焰吞没了，到处都是赤身裸体的人，围着火焰，一切都在瞬间被别的东西吞没，就连沙漠也被上方的苍穹吞没。就好像到了世界末日，又像是世界伊始。

第二天，被震住的寂静笼罩了盆地。人们已经开始离开，城市开始消失。二十四小时内，它将消失不见。只有沙漠依旧。我在盆地上漫步。火人曾经站立的地方只剩下灰烬和仍在冒烟的木屑。人们把一些东西扔进灰烬之中。我想起多年前读到的一句话——"焚烧你所崇拜的，崇拜你所焚烧的。"——我发现自己再次流泪了，这是我一周内第三次或是第四次流泪。它们是察觉的泪水：我察觉到我已经抵达了某个前沿的地方，甚至好像感觉我正在接近这个新生的自我。然而，我记起了其他的情景——比方说，第一次参观索姆河的公墓时——我也曾经抵达过人生的制高点。所以，为什么这

① 1937年5月6日，"兴登堡"号飞艇在一场灾难性事故中被大火焚毁。这艘大的飞艇正在新泽西州莱克赫斯特海军航空总站上空准备着陆，仅花32秒的时间就被烧毁，起火原因目前尚不清楚。

些灰烬会如此深地打动我?

从来没有任何东西像火人一样让我深刻地明白了一个真理，它理解起来那么容易，做起来却那么难：给予即是获得。因为黑岩城没有买卖，人们经常会认为以物易物替代了现金。以物易物，其实只是一种不怎么高效的交易方式而已。火人节有不同的东西——礼物经济——在运作。而生活，人们常说，其实就是给予与收获。但是最高层次的生活，应该是给予与给予。多年之后，在巴厘岛，我参观了乌布莎丽健康度假村。创始人的名字我记不清了。那不重要；重要的是，我记得一块匾上写的纪念他的内容："没有人会因为给予而贫穷。"在黑岩城，每个人都因给予而变得富有。

这并不是这些灰烬如此打动我的全部原因。那一年的大部分时间，电视新闻经常充斥着冒烟的灰烬图像：在长期持有的狂热民族主义的不满之下，科索沃的许多房屋化为灰烬。阿尔巴尼亚人的家园先是被四处抢劫的塞尔维亚人焚毁，几个月后，复仇的阿尔巴尼亚人点燃了塞尔维亚人的房屋，火势又蔓延到他们自己的房屋。另一方面，熊熊大火又代表了进步，说明历史可以改善，虽然是在灰烬之中；而在这里，在沙漠之中，它意味着，文明终将变成什么。

在西萨查那莱的那天早晨，我正在考帕农普楞寺的佛像前闲逛。太阳依旧在树林之间燃烧。四处是鸟儿的鸣叫声。佛像的神情如此安宁，我有一种想要下跪的冲动。我抑制住了，但当你被深深感动的时候，又能做些什么呢？在这样的时刻，我们能做的姿势实在有限。什么能取代它们呢？我们还有新的姿势、新的方式表达对优雅及美丽的渴望吗？

尼采感到疑惑，在他预言中的上帝死了的时代，什么样的场所适合人们冥想与沉思。教堂？不行，它们全都被基督教弄得黏黏糊糊，就好像下跪这个动作一样，被玷污了。我没有下跪，但不知道做些什么来代替。太阳就在那里，佛就在那里，我也站在那里，安静地，努力地遏制纷纷扰扰的思绪。我还满脑子想着尼采，想着他说的，祈祷是为愚蠢的人们发明的，给他们找点事做，防止他们烦躁不安、制造事端。在神圣的场所，也许这就是现代相机的功能：给你找点事做。当然，我没有相机，我所能做的就只有**在那里**。

不过，祈祷的姿态不会这么轻易被抛弃。看着安宁的佛像，我想起，在我之前提到过的人生中那个冗长阴郁的时期，我是如何沉沦于失望和悔恨之中，对什么事都是一筹莫展。有一天，我发现自己正在去往国王十字站的地铁上。我要去参加一个期待了好几个星期的聚会，等到了皮姆利柯站[1]的时候，我又害怕去那里了，只想回到家，一个人待着。我下了地铁，穿过站台，乘上下一趟回南部的地铁。等地铁开到史托维尔站[2]的时候，我又觉得自己待在公寓里是如此可怕，我又踏上了去北部的地铁。就这样，我在维多利亚地铁线的地铁站之间往返了许多次。如果有精神病医生在观看监控录像的话，肯定会得出结论，说我马上就要卧轨自杀。但我没有，我只是上上下下，直到最后，我终于（我已经成功地往北坐到了华伦街站[3]）找回了足够的自制力，上了向南行驶的地铁，闭上眼睛，坐在上面。地铁疾驰在隧道之中，我睁开双眼，看见对面黑漆漆的窗子上自己的影子。只是为了让自己镇定下来，为了让自己回到家，没有去想上帝或灵魂拯救，只想着我的公寓能提供的东西（电视、沙发、啤酒），我也采用了经典的祈祷姿态。我低下头，双手在面前紧握。在别人看来，我肯定是非常虔诚的，甚至是平静的。

而此时此刻，我凝视着火人所在之地的余烬。我处在人生的顶点，这种感觉并不陌生：这是让你的整个人

---

① 维多利亚地铁线上自南向北的第四站。

② 维多利亚地铁线上自南向北的第二站。

③ 维多利亚地铁线上自南向北的第八站，距离国王十字站还有一站。

生看上去值得的时刻之一，因为它将你带领到了这里，带到了这个时刻。如果有选择的话，我会非常快乐地将人生重走一回，什么也不改变。哪怕是在新奥尔良从安吉拉那里染上衣原体病菌，或者丢失太阳镜（当时我还没有弄丢它，并且我十分自信——我**正戴着**它！——永远不会弄丢它），还有其他我想不起来的片段（最终肯定会想起来的），我都不想改变。在这种情形下，某种祭品是必须的。因此——虽然这个举动有些荒诞，却也让这一切更加理所应当——我把我的粉红色羽毛围巾放在余烬之上，看着它慢慢地被火焰吞噬。

在可泰[①]遗址附近的卧佛寺，佛像的损毁程度特别令人震惊。它们就像是X光，依旧处在由时光本身制作的过程之中。走姿佛像的左臂肘部以上全都不见了；膝盖以下，右腿只剩下一条筋腱与大脚相连。它只是雕像的鬼魂，那么黯淡，那么破旧，就好像弗兰瑟斯卡·伍

① 可泰（Sukhothai）是泰国首个王朝素可泰王朝的首都，位于泰国中央平原，曼谷以北427公里，意为“快乐的开始”，现有国家历史遗址。

德曼[1]照片中的她一样。佛好像要走出——或隐入——那一面支撑并框住他的墙。

在火人彻底被火焰吞没之前，他的一个膝盖掉了下来。他突然向前倾倒的样子，就好像他马上要走出大火，走出那定义他并成就他的大火一样。

---

① 弗兰瑟斯卡·伍德曼（Francesca Woodman，1958—1981），美国摄影师，以拍摄自己或女模特的黑白照片闻名，她大多数作品中的人物是裸体的，并且她倾向通过相机的运动或长时间曝光的手法使人物的面孔与环境融为一体，她于1981年自杀身亡，年仅22岁。